초등학생을 위한 세계 명작 60

둘리틀 선생의 항해기

원작 휴 로프팅
편역 나스다 준 | 번역 임희진

은하수미디어
EUNHASOOMEDIA

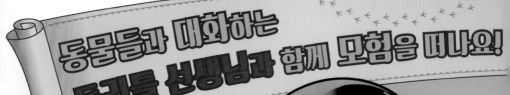

동물들과 대화하는 둘리틀 선생님과 함께 모험을 떠나요!

여러 동물과
대화를 나누며
진료해요.

상냥하고
호기심이 많으며
모험을 즐겨요

동물과 이야기가
잘 통해요. 조개의 말을
배우고 싶어 해요.

둘리틀 선생님

이야기 소개
이제부터 이야기를
소개할게요.

둘리틀 선생님의
집에서 지내며, 일을
도와드리고 있어요!

둘리틀 선생의
항해기에
오신 것을
환영합니다 !

스터빈스는
둘리틀 선생님,
범포, 동물들과
함께 지도에도 없는
섬을 찾아 항해를
시작해요.
하지만 생각하지도
못한 일이 계속
일어나는데……?

아홉 살 남자아이예요.
아버지는 구둣방을
하고 있어요.

생물에 관심이 많아요.
숲과 강에서 주로
시간을 보내요.

토머스 스터빈스

여기는
둘리틀 선생님의
집이자 진료소예요.
안으로 들어서면
어떤 풍경이
펼쳐질까요?

둘리틀 선생님의 집이자 진료소에는 동물들이 많아요! 주로 등장하는 동물들을 소개할게요.

폴리네시아
서아프리카에서 태어난 앵무새예요. 둘리틀 선생님에게 새의 말을 가르쳐 주었어요.

댑댑
하얀 오리예요. 집안일을 잘하는 살림꾼이지요.

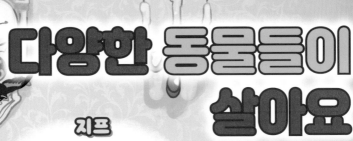

다양한 동물들이 살아요

지프

머리가 좋은 개로, 목에
'세상에서 제일 영리한 개' 라고
쓰인 메달을 달고 있어요.

치치

활기차고 날쌘
장난꾸러기
원숭이예요.

여러 동물이 등장해요!

둘리틀 선생님은 여행을 준비할 때나 여행을 하는 동안
여러 동물과 서로 도움을 주고받았어요.

미란다
극락조예요.
전 세계를 두루
돌아다녀서
아는 것이 많아요.

소들
투우에 나가는 소들이
둘리틀 선생님과 만나면
어떻게 될까요?

밥
불독이에요.
항구 변두리의
조그마한 집에서
다정한 주인 루크와
살고 있어요.

돌고래
둘리틀 선생님의
친구예요.
바다에서 이런저런
도움을 주어요.

함께 항해를 떠나요!

둘리틀 선생님 일행은 조개의 말을 할 줄 안다는
박물학자를 찾아 여행을 떠나요.

위대한 박물학자인
긴화살을 찾기 위한 여행!

긴화살은 지도에도 없는 거미원숭이 섬에
있는 것 같아요. 과연 무사히 만날 수 있을까요?

왕자 범포도
여행에 함께해요!

아프리카 졸리진키 왕국의 황태자로,
영국 대학에 공부하러 왔어요.
힘세고 씩씩한 청년이에요.

슬슬 모험을
떠나 볼까요?

개 지프와 원숭이 치치,
앵무새 폴리네시아와 함께
지금부터 항해를 떠나요!

신비한 동물과 만나요

이 이야기에는 실제로 존재하지 않는
신기한 동물들도 등장해요.
둘리틀 선생님도 좀처럼 만나지
못했던 동물들이랍니다.

파타파타

조그마한 물고기로
둘리틀 선생님의 집에 있어요.
물고기의 말을 해요.

자비즈리

몸길이가
8센티미터 정도인
딱정벌레예요.

바다유리달팽이

평소에는 바다 밑에서 살아요.
조개의 말을 해요.

영국에서 시작된 이야기

© shutterstock

영국

한국

브리스틀

위 지도는 현재 모습을 나타냈어요.

둘리틀 선생님과 스터빈스가 사는 마을이 실제로 있는 건 아니에요. 다만, 영국의 브리스틀이라는 항구 도시에서 가까운 것으로 나와요.

© wikimedia commons

© wikimedia commons

현재 브리스틀의 모습. 알록달록한 건물이 늘어서 있는 도시예요. 녹색이 펼쳐진 곳도 있어요.

© wikimedia commons

시리즈의 첫 번째 책인 《둘리틀 선생 이야기》의 원작 일러스트예요. 원작을 쓴 휴 로프팅이 직접 그렸어요.

〈둘리틀 선생〉 시리즈는 전부 12권이에요

〈둘리틀 선생〉 시리즈는 이 책 외에도 《둘리틀 선생의 동물원》 등 전부 12권으로 이루어져 있어요.

차례

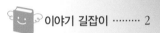

1 둘리틀 선생님의 일을 돕다

나는 토머스 스터빈스. 영국의 항구 근처에 있는 '늪지대의 퍼들비'라는 작은 마을에 살고 있어요. 아홉 살이 지난 다음부터 박물학자인 둘리틀 선생님의 일을 도와드리고 있답니다.

나는 학교에 다니지 않아요. 집이 가난해서 학교에 갈 형편이 안 되거든요. 우리 아빠는 구두 닦는 일을 하시는데, 아빠 대신 구두를 배달하러 가는 길에 학교에 다녀오는 아이들과 마주칠 때면 너무나 부러웠지요.

그런데 어느 날 숲에서 상처를 입은 다람쥐를 발견하고 둘리틀 선생님께 도움을 받은 뒤로, 나는 선생님 댁에 살며 일을 도와드리게 되었답니다.

동물의 병을 고치는 수의사이자 박물학자인 둘리틀 선생님은 내게 공부도 가르쳐 주셨어요. 그뿐만이 아니에요. 선생님은 동물의 말을 잘 아셔서, 그 덕분에 나도 동물들과 조금씩 이야기할 수 있게 되었어요. 정말 멋지죠?

둘리틀 선생님은 오랫동안 함께 살고 있는 폴리네시아라는 할머니 앵무새에게 새의 말을 가장 먼저 배웠대요. 그다음에는 쥐랑 고양이랑 소, 심지어 늑대하고도 이야기할 수 있게 되었다지 뭐예요.

덕분에 둘리틀 선생님은 퍼들비 마을은 물론이고 세계에서 동물을 가장 잘 치료하는 훌륭한 의사가 되었답니다.

　나무 위에 앉은 새가 하는 말을 이해할 수 있는 데다, 개와 고양이는 물론 말과 소가 진짜로 아픈지, 그저 꾀병을 부리는 건지 금세 알 수 있었거든요.

　그러던 어느 날이었어요. 언제나처럼 몰려든 동물들을 진료한 뒤, 둘리틀 선생님과 나는 간식을 먹으며 한숨 돌렸어요. 선생님은 과자를 입에 넣으며 내 쪽으로 동그란 얼굴을 돌렸지요.

　"스터빈스, 조개의 말 있잖니."

　"네?"

나를 부를 때면 다들 토머스를 짧게 줄여서 토미로
불렀어요. 하지만 둘리틀 선생님만은 스터빈스라는
성으로 불러 주었지요. 나는 아직 어린 꼬마인데도
선생님은 마치 어른을 대하는 것처럼 마음을 써 주었
어요.

가까운 사람들이 나를 토미라고 부르는 게 싫지는
않았지만, 둘리틀 선생님이 스터빈스라고 부를 때면
조금 자랑스러운 기분이 들었어요.

"조개의 말이요? 그게 뭔데요?"

"조개는 수만 년 전부터 바다 밑에서 살고 있잖아?
그러니까 아주아주 옛날에 어떤 일이 있었는지 다 알
고 있을 거야. 조개의 말을 배워서 자세히 들어 보고
싶구나."

"물고기한테 가르쳐 달라고 하면 어떨까요?"

"그게, 이 파타파타에게 말해 봤지만……."

둘리틀 선생님은 책상 위 유리 항아리 속에서 천천히 헤엄치는 파타파타라는 조그만 물고기를 바라보았어요. 그 물고기는 가끔 '푸핫' 하고 거품을 내뿜었는데, 거기에 물고기의 말이 섞여 있는 것 같았어요. 하지만 나는 아직 물고기의 말을 배우지 않았기 때문에 무슨 말인지 알 수가 없었지요.

"조개라는 놈은 말을 워낙 안 해서 거의 입을 열지 않아. 그래서 파타파타와도 이야기한 적이 없을 거야. 조개의 말을 배우려면 거대한 바다유리달팽이를 찾아가 물어보는 것이 좋을 것 같구나."

"그게 뭐예요?"

"바다 밑에 사는 거대한 달팽이란다. 이 녀석은 바다 밑에 살아서 조개의 말을 할 줄 알지. 굉장히 보기 드문데, 만약 이 녀석을 만날 수 없다면 긴화살을 만나 보자꾸나. 위대한 박물학자인 긴화살이라면 조개의 말을 알지도 몰라."

긴화살은 남아메리카 대륙에 사는 인디언으로, 특히 풀과 곤충에 대해 아주 잘 안다고 했어요.

"그러면 그분이 쓴 책을 읽으면 되는 거 아니에요?"

"그건 불가능해. 긴화살은 글자를 읽거나 쓰지 못하기 때문에 책 같은 건 없거든. 게다가 긴화살은 동물들과 여러 인디언 부족들하고만 살아. 언제나 탐험 중이라 어디에 있는지도 알 수 없고 말이야. 한곳에 오래 머무르는 법이 없거든."

둘리틀 선생님은 커다랗게 한숨을 쉬었어요.

그때 개 지프가 왈왈 짖으며 집 안으로 뛰어 들어왔어요.

"손님이 오셨어요!"

"굉장한 언니가 오고 있어요."

원숭이 치치도 이렇게 말하며 달려왔어요.

건너편에서 커다란 새가 화려한 진홍빛 날개를 팔랑거리며 나타났어요.

"오, 신기한 일이네. 극락조 미란다 아니야?"

횃대 위에서 할머니 앵무새 폴리네시아의 목소리가 들려왔어요. 그와 동시에 둘리틀 선생님이 두 팔을 활짝 펼쳤어요.

"오, 미란다. 오랜만이야!"

커다란 탁자 한가운데 놓인 스탠드 위에 태어나서 처음 보는 아름다운 새가 앉아 있었어요. 미란다는 피곤한 듯 화려한 날개를 쭉 뻗었어요.

둘리틀 선생님의 이야기에 따르면, 극락조 미란다는 전 세계를 날아서 돌아다니는 철새였어요. 가끔 선생님을 찾아와 여기저기서 들은 이야기를 들려주는 것 같았어요. 반갑게 이야기를 나누던 둘리틀 선생님이 갑자기 "뭐라고?"라고 크게 소리쳤어요.

"스터빈스, 미란다의 말대로라면 지금 긴화살은 대서양의 거미원숭이 섬에 있는 것 같구나. 그 섬은 긴화살의 고향인 남아메리카 대륙에서 가깝지."

"그럼 거기로 가면 그 위대한 박물학자를 만날 수 있을까요?"

"그런데 문제가 있어. 바로 거미원숭이 섬이 떠다니는 섬이라는 거야. 바다에 떠서 흘러 다니기 때문에 지도에도 나와 있지 않거든."

"네? 그렇다면 어디에 있는지 모른다는 건가요?"

"뭐, 그렇지. 그래도 목적지가 있으니 가서 찾아보자꾸나. 자, 함께 모험을 떠나 볼까? 빨리 준비를 시작하자!"

"와, 신난다!"

나는 너무 좋아서 펄쩍 뛰었어요. 둘리틀 선생님처럼 언젠가는 세계를 여행하고 싶었기 때문이에요.

그때가 이렇게 빨리 오다니, 꼭 꿈만 같았어요. 나는 가만히 뺨을 꼬집어 보았어요.

"앗, 아파!"

꿈이 아니라는 그 사실이 무엇보다도 기뻤어요. 나는 춤을 추고 노래하며 방을 뛰쳐나갔어요. 그러다가 접시를 가득 들고 들어오던 오리 댑댑과 부딪쳐 엎어졌지요.

댑댑이 소리쳤어요.

"앞을 보고 다녀야지, 이 바보야!"

하지만 나는 너무나도 기뻐서 댑댑의 꾸지람이 전혀 들리지 않았어요.

2 살인 사건을 해결한 둘리틀 선생님

둘리틀 선생님의 이름은 영어로 Dolittle이라고 써요. Do는 '한다'는 뜻이고 little은 '조금'이라는 뜻이에요. 이 둘을 합치면 결국 어떤 일을 조금 하는 사람, 땡땡이치는 사람과 같은 의미가 되는데, 이렇게 이름과 어울리지 않는 사람을 나는 처음 보았어요. 둘리틀 선생님은 게으름을 피우기는커녕 자꾸만 일을 벌였거든요.

극락조 미란다가 찾아온 다음 날, 선생님은 곧장 항구로 가서 잘 아는 어부인 조에게서 배를 샀지요.

"선생님, 이 배는 마도요호라고 합니다. 작지만 정말 멋진 배랍니다. 하지만 이 배를 움직이려면 뱃사람이 적어도 세 명은 있어야 합니다."

조의 말을 듣고 둘리틀 선생님은 우리를 돌아보았어요.

"세 명이라고요? 선장은 나로 하고, 나머지는 스터빈스와······."

원숭이 치치가 내 옆에서 펄쩍펄쩍 뛰며 "저요! 저요!" 하고 손을 들었지만 둘리틀 선생님은 고개를 저었어요.

"치치도 훌륭하지만, 힘이 약하니까 배를 움직이기는 어려울 테지."

그러자 선착장에서 하품을 하던 덩치 큰 남자가 말했어요.

"나는 아주 경험이 많은 항해사요. 나를 쓰지 않으

면 후회하게 될
거요. 항해에 대
한 거라면 뭐든지
할 수 있소."

"아니, 미안합니
다. 그런 훌륭한
선원을 쓸 만큼
돈이 없어요."

둘리틀 선생님
은 부드럽게 거절
하고 나에게 귓속
말을 했어요.

"스터빈스, 혹시
생각해 둔 사람이
있니?"

나는 구두를 닦는 아버지를 도와 계속 일해 왔기 때문에 이 주변 사람들을 잘 알았어요.

"그렇다면 은둔자 루크는 어떨까요?"

루크는 항구에서 떨어진 작은 집에서 밥이라는 개와 함께 조용히 숨어 살았어요. 그래서 '은둔자'라는 별명으로 불렸지요.

"아, 그 사람은 착실하니 한번 부탁해 볼까?"

둘리틀 선생님과 나는 루크를 찾아갔어요. 그런데 고양이와 개의 먹이를 팔러 다니는 매그라는 할아버지가 때마침 지나가다가 말도 안 되는 소리를 했어요.

"루크는 막 경찰서에 끌려갔어. 곧 재판을 받는다고 하던데?"

확실하지는 않지만 루크는 십수 년 전, 어딘가의 금광에서 금을 캐다가 동료를 죽였다는 의심을 받고선 줄곧 도망쳤다고 해요.

설마, 마음씨 고운 루크가 그런 무서운 사람이라니요.

"뭔가 잘못된 게 아닐까요?"

둘리틀 선생님이 말했어요.

"멘도자라는 부자가 증인으로 나섰어. 함께 금을 캤던 친구인데, 그때 무슨 일이 있었는지 잘 아는 것 같더군."

매그 할아버지가 목소리를 낮추었어요.

그때, 개 지프가 작은 불독을 데리고 힘차게 달려 왔어요.

"선생님, 얘는 밥이에요. 루크는 범인이 아니라며 공원에서 훌쩍훌쩍 울고 있더라고요. 그래서 데리고 왔어요."

"루크가 키우던 개였으니 뭔가 알지도 모르겠군. 잘
했어, 지프. 훌륭해!"

둘리틀 선생님이 칭찬하자 지프는 기쁜 듯이 꼬리
를 팔랑팔랑 흔들었어요.

"밥, 무슨 일이 있었는지 말해 주겠니?"

밥은 그 사건이 일어났을 때, 루크와 함께 있었다고
말했어요.

"하지만 내가 '아니야, 루크는 범인이 아니라고!'라며 아무리 짖어 대도 경찰은 들어주지 않았어요. 개의 말 같은 건 아무도 알아듣지 못하니까요."

"그렇군. 좋아, 지금부터는 나에게 맡기렴."

둘리틀 선생님은 불룩한 배를 통통 두드렸어요.

곧 재판이 열리는 날이 되었어요. 재판은 '늪지대의 퍼들비' 마을이 아니라 더 커다란 마을에서 열렸어요. 우리도 재판에 가기 위해 집을 나섰지요.

"자, 재판을 시작하겠습니다. 증인, 앞으로."

멋진 수염을 기른 재판장이 말했어요. 루크의 친구인 멘도자는 증인석 앞으로 나오려다가 조금 놀란 것 같았어요. 재판장의 발밑에서 커다란 개가 주변을 매섭게 노려보고 있었기 때문이에요. 그 개는 재판장이 키우는 개였는데, 재판을 방해하는 사람이 있으면 달려들어 물라고 교육받은 것 같았어요.

멘도자는 작게 헛기침을 한
뒤 진지하게 말했어요.

"루크가 금을 혼자 차지하
려고 푸른 수염 빌을 죽이는
것을 이 눈으로 분명히 똑똑
히 보았습니다."

그 말을 들은 재판장이 크게 고개를 끄덕이며 물었
어요.

"루크, 자신의 죄를 인정합니까?"

"저는 사람을 죽이지 않았습니다. 하지만 죄가 없다
는 증거도 없고, 붙잡히는 것이 무서워서 계속 도망
쳤을 뿐입니다."

루크는 자기에겐 죄가 없다고 주장했어요. 그러자
멘도자가 거짓말이라며 소리쳤어요. 그때 둘리틀 선
생님이 손을 들고 말했어요.

"재판장님, 루크가 범인이 아니라는 것을 밝힐 목격자가 있습니다."

"그게 당신입니까?"

"아닙니다. 이 개입니다."

둘리틀 선생님이 자신의 발밑에 있던 불독 밥을 손으로 가리키자, 법정에서는 웃음이 터졌어요.

"하하하, 개가 어떻게 증언을 한다는 거야."

멘도자도 소리 내서 크게 웃었어요. 그러자 둘리틀 선생님은 새침한 얼굴로 이렇게 말했어요.

"제가 개의 말을 통역하겠습니다."

"그런 게 될 리가 없지 않소?"

재판장이 말도 안 된다는 듯 고개를 저었어요.

"한번 시험해 보시지요. 마침 저기 재판장님의 개가 있군요."

둘리틀 선생님은 성큼성큼 걸어가 재판장의 개에게 말을 걸었어요. 그러자 개가 '컹컹' 하고 짖었지요. 선생님은 즐거운 듯 웃으며 재판장을 돌아보았어요.

"재판장님, 어제 저녁 식사로 양고기 스테이크와 감자를 두 개 드셨군요. 그리고 밤늦게 술을 마시러 나가셨고요. 커다란 목소리로 노래를 부르며 돌아와 어머니에게 '너 지금 몇 시인지 아느냐'며 꾸중을 들으셨고……."

그러자 재판장은 크게 당황해서 선생님의 말을 막았어요.

"알겠소, 이제 그만하시오. 둘리틀 선생, 당신은 개의 말을 할 줄 아는 것이 분명하군요. 그럼 이제 밥의 이야기를 들어 봅시다."

재판장은 고개를 쑥 빼더니, 둘리틀 선생의 발밑에 있는 밥을 내려다보았어요.

그러자 밥이 이야기를 시작했고, 둘리틀 선생님은 그 내용을 사람들에게 전달했어요.

"푸른 수염 빌을 칼로 찌르고, 우물로 밀어 떨어뜨린 것은 멘도자입니다. 갑작스러운 물소리에 놀란 루크가 우물로 달려가 안을 내려다보려고 하자, 옆에 있던 멘도자가 '다 네가 한 일이야. 경찰을 부르러 가야겠어.'라고 멋대로 우기기 시작했습니다. 그 탓에 마음이 약한 루크는 더럭 겁을 먹고 도망쳐 버렸습니다. 그 뒤로 멘도자는 셋이 찾아낸 금을 혼자서 차지하여 큰 부자가 되었고, 루크는 15년이라는 긴 세월 동안 벌벌 떨며 숨어서 살았다고 합니다."

"이런, 정말 너무하잖아!"

둘리틀 선생님의 말이 끝나자 법정에 있던 사람들이 외쳤어요.

멘도자는 "제길, 어떻게 개가 증언을 할 수 있어. 말도 안 돼!"라고 아우성치다가 슬그머니 도망쳐 버렸어요. 덩치가 큰 경관들이 뒤쫓아갔으니 멘도자가 잡히는 것은 시간문제였어요.

그로부터 며칠이 지났어요. 자유를 되찾은 루크가 밥을 데리고 둘리틀 선생님을 찾아왔어요.

"선생님, 정말로 고맙습니다."

은둔자로 불렀던 때는 옷도 너덜너덜한 데다, 머리카락도 덥수룩하고 수염도 제멋대로 뻗쳐 있어서 나는 그가 당연히 할아버지일 거라고 생각했어요. 하지만 알고 보니 루크는 아직 30대의 젊은이였어요.

재판에서 큰 역할을 했던 밥은 진료소의 동물들에게 칭찬받고, 기쁜 듯이 꼬리를 흔들었어요.

"루크, 사실은 부탁
하고 싶은 것이 있소.
나는 배를 타고 탐험
을 떠날 생각인데, 괜
찮다면 같이 가지 않
겠소?"

"네, 좋습니다."

루크가 고개를 끄덕
이려 할 때, 진료소의
문을 열고 젊은 여성
이 뛰어 들어왔어요.

"여보!"

"당신은……."

그 여성은 루크의 아내였어요. 루크가 숨어서 살아
가는 동안에도 줄곧 그를 찾아다녔다고 했어요.

그러다가 루크가 재판을 받는다는 소문을 듣고 겨우 남편을 찾아낸 것이었어요. 둘리틀 선생님은 15년 만에 만나 기뻐서 울며 끌어안은 두 사람을 보고 미소를 지었어요.

"마도요호의 선원은 따로 더 찾아봐야겠군."

"어, 왜요?"

내가 물었어요. 그러자 둘리틀 선생님은 한쪽 눈을 찡긋하며 말했어요.

"이대로 루크를 데리고 여행을 나서면 부부가 또 함께 있을 수 없게 되니까. 루크의 아내가 불쌍하지 않겠어?"

3 운에 맡기고 여행을 떠나다

마도요호의 세 번째 선원은 좀처럼 찾기 힘들었어요. 그저 함께 여행을 떠날 사람이 필요한 것은 아니었거든요.

"이거 참 쉽지 않군."

둘리틀 선생님이 말했어요. 선생님의 집 담벼락에 등을 기댄 채, 나는 '하아' 하고 한숨을 쉬었어요. 그때, 옆에 벌러덩 누워 있던 원숭이 치치가 갑자기 벌떡 일어섰어요.

"아! 범포다. 선생님, 범포가 왔어요!"

아래쪽을 내려다보니, 마르고 키가 큰 청년이 긴 다리로 성큼성큼 언덕을 걸어 올라오고 있었어요.

"오, 마침 잘 왔군!"

둘리틀 선생님은 기쁜 듯이 마중하며 범포에게 나를 소개했어요.

범포는 선생님이 아프리카로 여행 갔을 때 알게 된 졸리진키라는 나라의 황태자였어요.

"와, 황태자라고요? 진짜로요?"

나는 눈이 휘둥그레졌어요.

"응, 나는 나중에 다음 황제가 될 거야. 지금은 영국의 대학에서 공부하고 있지."

영어를 배우고 있다는 범포는 조금 이상한 말을 사용하며 둘리틀 선생님에게 물었어요.

"그런데 선생님, 보니까 지금 어딘가로 외출하려는 거 같은데요?"

"아, 위대한 박물학자인 긴화살을 만나러 지금 막 탐험을 떠나려는 참이었다네. 그런데 선원이 한 사람 부족해서 곤란해하고 있었지."

둘리틀 선생님이 투덜거렸어요.

"그렇다면 빨리 출발하시죠. 딱 맞는 선원을 찾으셨으니까요."

범포의 말에 선생님은 눈을 끔뻑거렸어요.

"그 선원이 어디에 있지?"

"선생님 눈앞에요."

범포는 자신의 코를 가리켰어요.

"대학에서 공부하려고 영국에 온 것 아니었나?"

"맞아요. 하지만 영국의 대학에서 공부하는 것은 너무 어려워요. 머리가 이상해질 것 같아 조금 농땡이를 부려 볼까 하고요. 한 석 달 정도 쉬려고 생각하고 있답니다."

범포는 영국 생활이 너무너무 지겨워 견딜 수가 없었다고 말했어요. 그러면서 둘리틀 선생님이 계신 곳으로 오면 뭔가 재밌는 일이 생길 거라는 생각에 찾아왔다고 했지요.

"마침 잘됐군. 자네한테도 잘된 일인지 아닌지는 모르겠지만……. 자네가 함께 간다면 나야 든든하지."

둘리틀 선생님은 웃으며 범포의 어깨를 툭툭 두드렸어요.

긴 여행이 될 것이기에 오래 보관할 수 있는 말린 고기와 병조림, 사과를 끝까지 꽉꽉 채워 넣은 통 등을 배에 싣자 모든 준비가 끝났어요.

"선생님, 긴화살이 있을지도 모른다는 거미원숭이 섬 말인데요. 한곳에 있지 않고 계속 떠다니니까 지금은 어디에 있는지 모르는 거 아니에요?"

배에 짐을 다 싣고 집으로 돌아가며 내가 물어보자 둘리틀 선생님이 대답했어요.

"뭐, 대서양 어딘가에 있는 것은 틀림없으니까. 일단 출발해서 찾다 보면 언젠가는 찾을 수 있겠지. 미란다도 틈나는 대로 날아와 거미원숭이 섬이 어디쯤 떠다니는지 가르쳐 줄지도 모르고."

둘리틀 선생님은 우선 저지르고 보자는 식으로 태연하게 말했어요. 걱정하는 나를 보더니 앵무새 폴리네시아가 '킥킥' 웃으며 말했어요.

"거미원숭이 섬을 꼭 찾을 수 있을 거야. 그러니 걱정하지 마. 둘리틀 선생님은 마지막까지 포기하지 않으니까."

역시, 어떤 어려움이 있어도 포기하지 않는 것이 둘리틀 선생님의 성공 비결이었어요.

둘리틀 선생님이 자리를 비울 동안 진료소는 오리 댑댑이 맡았어요. 댑댑은 "선생님이 안 계시면 집 안 청소가 편해서 좋아."라고 말했어요. 수많은 동물들에게 밥을 주는 일은 고양이와 개의 먹이를 파는 매그 할아버지가 맡아 주었지요.

둘리틀 선생님과 같이 여행을 떠날 동료는 나와 범포, 동물 중에서는 앵무새 폴리네시아와 원숭이 치치 그리고 개 지프였어요. 지프는 '데려가지 않으면 돌아올 때까지 컹컹 짖어 대겠다'고 으름장을 놓았어요. 그러면 주변에 폐를 끼치기 때문에 선생님은 지프가 배에 타는 것을 허락했답니다.

이렇게 모든 준비를 마친 마도요호는 항구에서 천천히 멀어졌어요.

　루크와 어부 조 그리고 나의 아버지와 어머니가 부
두까지 배웅을 나왔어요.

　"토미, 몸 건강해야 돼. 이상한 것은 먹지 말고."

　어머니가 이렇게 말하며 눈물을 글썽거리자 나도
눈물이 찔끔 나왔어요.

하지만 곧 씩씩한 척하며 힘껏 손을 흔들었어요.

"다녀오겠습니다!"

몇 번의 대모험을 거치면, 언젠가는 나도 둘리틀 선생님처럼 멋진 사람이 될 수 있을지도 몰라요. 그 첫 발걸음을 지금 내디딘 거예요. 그렇게 생각하자 가슴의 두근거림이 멈추지 않았어요.

범포는 돛을 치는 일을 척척 해냈고, 둘리틀 선생님도 능숙하게 키를 잡았기 때문에 마도요호의 여행은 매우 쾌적했어요.

출항한 지 며칠이 지났어요. 평소처럼 갑판에 나가 끝없이 이어진 푸르른 하늘과 파도, 아름답게 부풀어 오른 배의 돛을 황홀하게 바라볼 때였어요.

창고에서 범포의 목소리가 들려왔어요.

"어라, 소금에 절인 고기가 곧 바닥날 거 같아요."

"소금에 절인 고기가? 그럴 리가 없네. 이전에 한가득 쌓아놨었거든. 그거참 이상한 일이군. 대체 어찌 된 일이지?"

둘리틀 선생님도 고개를 갸웃거리며 창고로 내려왔어요.

"저도 모르겠어요. 창고에 내려갈 때마다 큰 덩어리가 하나씩 없어졌어요. 어쩌면 커다란 쥐가 먹어 치운 게 아닐까요?"

범포가 고개를 갸우뚱하며 말했어요.

누가 범인인지는 곧 드러났어요. 범인은 덩치가 무척 커다란 남자였어요. 벽에 붙어 있었는데도 덩치가 너무 커서 몸을 숨길 수가 없었지요. 그런데도 지금까지 어떻게 발견되지 않았느냐고 묻자, 밝을 때는 선실 구석의 사과가 담긴 나무통 옆에 잔뜩 웅크리고 천을 뒤집어썼다고 했어요. 그러다가 밤이 되면 일어나 소중한 음식을 게걸스럽게 우적우적 먹어 치운 것이었지요.

"아니, 당신은?"

그 남자는 둘리틀 선생님이 마도요호를 샀을 때, 항해사로 고용해 달라고 말했던 남자였어요.

"나를 이대로 배에 계속 태워 줘. 월급은 조금 깎아줄 테니."

커다란 남자는 사과가 든 통에서 잘 익은 사과를 골라 들더니 덥석 깨물었어요.

"아니오, 당신은 내려야 하오. 당신을 고용했다간 음식값을 감당할 수 없을 테니 말이오."

둘리틀 선생님이 엄하게 말했어요. 그러자 범포는 기다란 팔을 뻗어 커다란 남자의 목을 가볍게 잡고, 문이 있는 곳까지 질질 끌고 나갔어요.

"대학에서 배웠는데요, 선생님. 영국의 해적들은 몰래 배에 숨어든 사람을 발견하면 바다에 풍덩 던져 넣는다고 하더군요. 이 녀석도 그렇게 처리해 버릴까요?"

범포는 말랐지만 힘이 엄청나게 셌어요.

"아니, 그건 안 돼. 나는 영국인이지만 해적이 아니라 박물학자니까. 범포, 배를 왼쪽으로 돌려. 그럼 분명 어딘가에 도착할 거야."

둘리틀 선생님은 그렇게 말하고 나니 자기도 모르게 마음이 가벼워졌어요. 그래서 "뱃머리를 왼쪽으로 꺾는다!"라고 외치고는 타박타박 계단을 올라가 직접 키를 잡았어요.

4 둘리틀 선생님, 투우사가 되다

바다 위에서 왼쪽으로 키를 돌렸을 뿐인데, 마도요 호는 다음 날 놀라울 만큼 정확하게 항구에 도착했어요. 우리가 도착한 곳은 스페인의 한 섬이었어요. 그 섬 주변에도 비슷한 섬이 몇 개인가 보였어요.

골칫덩어리였던 그 덩치 큰 남자는 어떻게 되었느냐고요? 항구에 도착하자마자 배에서 펄쩍 뛰어내리더니, 쏜살같이 어딘가로 달아나 버렸답니다. 범포가 자기를 바다에 던져 버릴까 봐 어지간히 무서웠던 모양이에요.

"자, 오랜만에 항구에 도착했으니 여기서 그놈이 먹어 버린 음식을 채워 두는 게 좋겠지?"

둘리틀 선생님이 이렇게 말하자 앵무새 폴리네시아가 고개를 저었어요.

"선생님, 고기를 사려면 돈이 필요하다는 건 알고 계시죠?"

"그럼, 잘 알지."

"하지만 선생님의 지갑은 텅 비었는걸요."

폴리네시아가 말한 대로였어요. 여행 준비를 하며 음식을 사들이느라, 둘리틀 선생님이 가진 돈을 전부 써 버린 뒤였지요.

"그렇군. 하지만 모처럼 섬에 왔으니 한번 둘러보자꾸나."

항구에 가까이 있는 가게 앞을 지나가는데 맛있는
냄새가 풍겨 왔어요. 엉겁결에 모두 멈추어 섰어요.

"오, 바나나튀김이군. 폴리네시아, 저건 살 수 있지
않을까?"

둘리틀 선생님이 물었어요.

"뭐, 저 정도는요."

폴리네시아가 고개를 끄덕이자, 선생님은 곧 가게
주인에게 모두가 먹을 만큼 충분히 바나나튀김을 주
문했어요.

"금방 튀긴 걸
로 주십시오."

와, 어찌나 맛
있는지 도저히
멈출 수가 없었
어요!

나는 태어나서 처음 먹어 보는 뜨끈뜨끈한 바나나 튀김을 한입 베어 물 때마다 너무나 행복했어요.

그때 광장 쪽에서 떠들썩한 음악이 들려왔어요.

"호오, 음악 소리로군. 이보시오, 주인장. 이곳에서 무슨 축제라도 열립니까?"

둘리틀 선생님이 묻자 가게 주인이 대답했어요.

"예, 내일 이곳에서 투우가 열린답니다."

섬에서 가장 인기 있다는 투우사 페피토가 실력을 보여 줄 거라는 말을 듣고, 둘리틀 선생님은 얼굴이 시뻘게지더니 화를 냈어요.

"뭐라고요? 어째서 그렇게 끔찍한 짓을?"

투우는 투우사가 소와 싸우는 경기예요. 하지만 선생님은 투우란 투우사가 소를 계속 부추겨 화나게 한 뒤, 잔뜩 화난 소가 덤벼들면 칼로 찔러 쓰러뜨리는 것이라고 설명해 주었어요.

투우사의 인기는 얼마나 소를 멋지게 쓰러뜨리는지로 결정된다고도 알려 주었어요. 나는 소에게 너무 잔인하다고 생각했어요. 그렇게 생각하지 않나요?

"내일 투우의 책임자는 누구인가요?"

둘리틀 선생님이 묻자, 가게 주인은 광장을 손가락으로 가리켰어요.

"저기 있는 돈 엔리케 님입니다. 이 섬에서 투우에 쓰는 소는 모두 엔리케 님의 것이니까요."

돈 엔리케는 다른 사람들에게 둘러싸여 인사를 받고 있어서 금세 알아볼 수 있었어요. 둘리틀 선생님이 돈 엔리케에게 다가가 말했어요.

"소를 괴롭히는 투우를 당장 멈추십시오!"

처음 보는 사람이 갑자기 끼어들자 돈 엔리케는 눈을 희번덕거렸어요.

"투우는 사람과 소의 생명을 건 대결이오. 소가 투

우사를 이길 때도 있지 않소? 그러니 투우가 소를 괴
롭히는 일이라는 건 말도 안 되지. 내일은 페피토가
가장 강한 소와 싸울 거요. 꼭 와서 그 모습을 두 눈
으로 똑똑히 확인해 주길 바라오."

　그러자 둘리틀 선생님이 고개를 들고 말했어요.

　"그렇다면 저와 내기를 한번 해 보시지요. 저도 투
우에 나가겠습니다. 혹시 페피토와 다른 투우사들보
다 제가 더 용감하게 싸운다면, 투우를 멈추라는 제

말을 들어 주시겠습니까?"

"하하하, 좋소. 하지만 투우사는 사나운 소에게 이
기기 위해 힘든 훈련을 계속합니다. 그래서 겨우 소
와 맞서 싸울 수 있게 되지요. 그런 훈련을 하지 않
은 당신은 단번에 소의 뿔에 받히고 말 거요."

"좋습니다. 내일 여기로 다시 오겠습니다."

둘리틀 선생님은 꾸벅 인사하고, 우리에게 배로 돌
아가자고 신호했어요.

반대편에서는 돈 엔리케와 섬사람들이 낄낄대며 선생님을 비웃었어요.

　"자기 주제를 모르는 사람이군요. 저자가 소뿔에 받혀 엉덩이를 감싸 쥐고 얼마나 빨리 도망가는지 내기하지 않겠습니까?"

　아무래도 이 섬에 사는 사람들은 내기를 좋아하는 것 같았어요. 그때, 폴리네시아가 내 어깨 위로 날아올라와 귓가에 속삭였어요.

　"토미, 좋은 생각이 있어. 범포와 같이 돈 엔리케한테 다시 가서 선생님이 이기는 쪽에 금화 한 개를 걸어 둬. 분명히 백 배 정도로 불어서 돌아올 테니까. 하지만 선생님에게는 비밀이야. 선생님은 이런 걸 별로 좋아하지 않으시거든."

　그 금화는 둘리틀 선생님이 가진 마지막 한 닢이었어요.

하지만 폴리네시아는 자신이 있었어요. 동물과 관계된 일에서라면 선생님은 절대 지지 않는다고 믿었거든요.

"내게 금화가 백 개 있다면 백 개 전부 선생님에게 걸겠어."

폴리네시아는 날갯짓하며 이렇게 말했어요.

다음 날, 투우사 옷을 입은 둘리틀 선생님이 투우장에 나타나자, 구경하러 온 어린이들이 시끄럽게 떠들어 댔어요. 뚱뚱한 몸에 윗옷이 딱 달라붙어서, 배에 달린 단추가 금방이라도 날아갈 것처럼 보였기 때문이에요.

하지만 선생님은 그러든 말든 조금도 신경 쓰지 않고, 외양간에 다가가 소들에게 말을 걸었어요. 소들은 처음에는 둘리틀 선생님을 수상하다는 듯이 멀리서 노려보고만 있었어요.

하지만 선생님이 소의 말을 시작하자 매우 놀란 것 같았어요.

소들은 곧 "뭐야, 뭐야?" 하며 모여들었어요.

소 가운데 한 마리가 물었어요.

"당신은 대체 뭐 하는 사람이야?"

"박물학자란다. 내 말을 이해했다면, 오늘은 내가 말하는 내용을 잘 듣고 그대로 따라 주렴. 그러면 이제부터 너희들은 투우를 하지 않고 살 수 있을 거야."

"그게 가능할 거 같아?"

가장 몸집이 큰 검은 소가 '흥' 하고 콧바람을 불었어요. 하지만 선생님은 다정한 목소리로 다시 타일렀어요.

"뭐, 한번 속는 셈 치고 나에게 맡겨 주렴. 너희들을 다치게 하지는 않을게. 이게 거짓말이라면 나중에 뿔로 사정없이 나를 들이받아도 좋아."

그때 투우가 시작되었음을 알리는 나팔 소리가 울렸어요. 투우장 안에 소가 풀려났고, 투우사가 차례차례 나와 멋지게 인사했어요.

화려한 옷으로 몸을 감싼 투우사 페피토가 소개되자, 투우장에는 한층 더 큰 함성이 울려 퍼졌어요. 페피토는 허리에 손을 얹고 우아하게 인사를 했어요. 여기저기서 많은 사람들이 소리를 질러 댔어요. 그야말로 대단한 인기였지요.

"그리고 마지막으로, 오늘의 특별한 참가 손님인 둘리틀 선생님을 소개합니다!"

징 소리와 함께 둘리틀 선생님이 달려 나오다가 앞으로 푹 고꾸라지자, 투우장은 웃음바다가 되었어요. 하지만 웃음소리는 곧 웅성거림으로 바뀌었어요.

다른 때 같았으면 소 한 마리가 투우사 한 명과 맞서 싸웠겠지만, 이날은 달랐기 때문이었지요.

투우장에 들어온 소 다섯 마리는 둘리틀 선생님에게서 들은 대로 한 덩어리가 되어 투우사를 한 사람씩 차례차례 쓰러뜨렸어요.

"그래, 잘한다. 모두 힘을 합쳐서 쫓아 버려!"

둘리틀 선생님은 소의 말로 소들을 격려했어요.

하지만 구경하던 섬사람들에게는 선생님의 말이 단지 소처럼 '음메' 하고 우는 것처럼 들리기만 했어요.

그 사이에 투우사들은 둘리틀 선생님의 지휘를 받은 소들에게 쫓겨 다니다가, 끝내 비명을 지르며 달아났어요. 마침내 투우장에는 페피토와 둘리틀 선생님 단둘만이 남았어요.

페피토도 소 다섯 마리에게 둘러싸여 점점 울타리를 향해 뒷걸음질을 쳤어요. 평소 자랑이었던 수염을 축 늘어뜨린 채 새파랗게 질린 얼굴이었지요.

"자, 어서 가. 한 번에 해치워 버려!"

둘리틀 선생님이 소리치자, 처음엔 선생님의 말을 고분고분하게 듣지 않았던 커다란 검은 소가 앞으로 나섰어요.

"좋아, 내게 맡겨."

검은 소는 한쪽 발로 땅을 박차고, 두두두 모래 먼지를 피우며 페피토에게 달려들었어요.

"킥! 살려줘!"

페피토는 그 자리에 털썩 주저앉아 결국 엉엉 울어 버렸어요.

"잘했어."

둘리틀 선생님은 소들에게 신호를 보내 가까이 불렀어요. 그러고는 소들에게 춤을 추며 뱅뱅 돌게 하기도 하고, 경중경중 뛰게 하기도 했어요.

소들은 마침내 투우장에 원을 그리며 사이좋게 모여 앉았어요.

그 모습은 마치 서커스장에서 코끼리들이 춤을 추는 것과도 같았어요. 서커스와 달리 채찍으로 위협하며 무리하게 시키지는 않았지만요.

"어떻습니까, 엔리케 씨. 나의 승리인 것 같은데요."

"으음, 어쩔 수 없군요. 투우는 이제 그만하겠소. 내 소를 더 이상 투우에 사용하지 않겠다고 약속하지."

돈 엔리케는 화가 머리끝까지 나 보였지만, 약속은 지키는 사람 같았어요.

폴리네시아가 금화를 건 내기에서 이겼어요. 투우 대결에서 둘리틀 선생님이 이긴다는 쪽에 돈을 건 것은 폴리네시아 말고는 아무도 없었지요.

범포가 엔리케에게 가서 금화가 잔뜩 든 주머니를 받아왔어요.

그 모습을 본 폴리네시아가 외쳤어요.

"서둘러! 먹을 것을 사서 바로 출발해야 해. 그러지 않으면 큰일이 벌어질 거야!"

우리는 당장 달리기 시작했어요.

투우장에 있던 사람들은 엄청나게 화를 냈어요. 섬 사람들의 영웅인 페피토가 외부에서 온 둘리틀 선생님에게 진 것만으로도 분통이 터지는데, 엔리케가 투우를 그만두기로 약속했다는 사실을 알아 버렸기 때문이었어요.

우리는 둘리틀 선생님의 등을 떠밀며 항구까지 부리나케 도망쳤어요. 범포는 식료품을 잔뜩 안고 허겁지겁 뒤따랐어요. 우리는 범포가 배에 뛰어오르자마자 서둘러 닻을 올렸어요.

항구를 떠나며 보니 많은 사람이 모여서 우리를 향해 소리를 질러 댔어요. 나는 둘리틀 선생님에게 말했어요.

"이제 투우가 없어져서 다행이에요."

"글쎄, 돈 엔리케가 투우를 그만둬도 다른 누군가가 또 시작할지도 몰라. 하지만 어떤 이유로든 동물을 괴롭히며 즐거움을 느끼는 건 인간의 이기적인 생각이야. 잘못이라는 생각이 들 때 바로잡는다면 동물들과 좀 더 사이좋게 지낼 수 있을 텐데……."

둘리틀 선생님은 자그맣게 한숨을 내쉬었어요.

5 폭풍 속에서

그 뒤로 마도요호의 여행은 아주 순조로웠어요. 마도요호는 3주 동안 맑은 바다를 헤치고 나아갔어요.

마치 축복받은 것처럼 날씨가 화창하고 바다도 잔잔했지요. 바람이 약할 때는 배 위에서 낚시를 할 수 있을 정도였어요.

먹을 것은 잔뜩 쌓여 있었지만, 여행이 얼마나 길게 이어질지 알 수 없었기 때문에 우리는 물고기를 잡아 저장해 두기로 했어요.

"돈도 잔뜩 있으니까, 거미원숭이 섬을 금방 못 찾더라도 괜찮을 것 같아. 다른 나라에 들러 여행을 즐겨도 좋고."

폴리네시아가 말했어요. 나는 어딘가에 육지가 보이나 싶어서 망원경으로 먼바다를 종종 바라볼 뿐이었어요.

그날도 나는 갑판에 서서 바다 건너편을 바라보고 있었어요. 그런데 바다 저편 먼 곳에 어마어마하게 커다란 먹구름이 소용돌이치며 하늘에 떠 있는 것이 보였어요.

'저건 뭐지?'

그때 갑자기 바람이 강해지더니 배가 휘청휘청 흔들리기 시작했어요.

"선생님, 이리 와 보세요. 구름이 이상해요."

나는 둘리틀 선생님을 급히 불렀어요.

"이런, 이거 큰일이네."

뭔가 심상치 않은 먹구름을 본 선생님은 커다란 목소리로 모두를 불러 모았어요.

"이제 곧 폭풍이 몰아닥칠 거야. 그것도 아주 큰 놈이 말이지. 모두 구명조끼를 단단히 챙겨 입고, 배를 잘 붙들고 있어야 해!"

그리고 나서 둘리틀 선생님은 나를 돛대에 꽉 묶었어요.

"스터빈스, 무슨 일이 있어도 배에서 떨어지지 않도록 해. 아무리 거센 폭풍이라고 해도 언젠가는 그칠 테니까 걱정하지 말고."

둘리틀 선생님은 내게 이렇게 말하며 미소 짓고는, 선실의 상태를 확인하러 갑판 아래로 내려갔어요.

하지만 그 뒤로 빗줄기가 순식간에 거세지더니 산처럼 커다란 파도가 차례차례 마도요호를 때렸어요. 나는 결국 정신을 잃고 말았지요.

"으음……"

나는 해 질 녘의 부드러운 빛을 느끼며 정신을 차렸어요. 주위를 둘러보니 돛대에 묶인 채로 바다 위에 떠 있었어요. 좀 더 정확하게 말하면, 내가 타고 있던 배의 조각 위였어요.

길었던 돛대는 꺾여 일부만 남아 있을 뿐이었지요.

내가 탄 배의 조각은 잔잔한 파도 위에 둥실둥실 떠 있었어요.

둘리틀 선생님도, 범포도, 앵무새 폴리네시아도, 원숭이 치치도, 개 지프도 보이지 않았어요.

"거기 누구 없어요?"

나는 큰 소리로 불러 보았지만 돌아오는 대답은 없었어요. 이 넓은 바다 위에 어쩐지 홀로 남은 것만 같았지요.

모두 바다에 가라앉아 버린 걸까요? 도대체 여기는 어디쯤일까요?

　지금까지 나는 믿음직한 둘리틀 선생님과 함께하는 모험이니까 아무 문제도 없을 거라고 생각해 왔어요. 하지만 이제는 선생님이 없었어요.

　'어떻게 하지…….'

　나는 돛대의 줄을 풀고, 그대로 웅크리고 앉아 버렸어요.

　목이 바싹 말랐지만 마실 물이 없었어요. 먹을 것도 당연히 없었지요. 나는 이대로 바싹 말라 버릴 것이 뻔했어요. 상어에게 잡아먹힐 수도 있었고요. 어머니도 이제 더는 만날 수 없었어요.

　'육지에서 얼마나 멀리 떨어진 걸까? 또다시 폭풍이

몰려오면 어쩌지?'

그때 갑자기 '둘리틀 선생님이라면 이런 때 어떻게 했을까?' 하는 생각이 들었어요.

나는 이 여행을 떠나기 전에 폴리네시아가 이렇게 말했던 것을 문득 떠올렸어요.

"그러니 걱정하지 마. 둘리틀 선생님은 마지막까지 포기하지 않으니까."

폴리네시아의 말이 사실이라면 둘리틀 선생님은 죽지 않았을 거예요.

'맞아, 포기하면 안 돼.'

나는 다시 한번 주변을 둘러보았어요.

'어딘가에 노로 삼을 만한 판자가 없을까?'

안타깝게도 적당한 것이 보이지 않았어요. 곧 해가 질 것 같았어요. 밤이 되어 더 어두워지기 전에 무엇이든 해야만 했어요.

그렇게 생각하고 하늘을 올려다보는데 하늘에서 무언가가 반짝 빛났어요.

'아, 저것은?'

나는 부러진 돛대를 붙잡고 일어서서 멀리서도 잘 보이도록 팔을 크게 흔들었어요.

눈부시게 빛나는 것은 점점 더 가까이 날아오더니, 내가 있는 널빤지 조각 위에서 멈추었어요.

"후후, 토미네. 찾았다!"

은방울같이 낭랑한 목소리의 주인공은 극락조 미란다였어요. 겨우 한 번 만났을 뿐인데도 미란다는 나를 잘 기억했지요.

누군가가 이렇게 반갑기는 처음이었어요. 나는 미란다를 껴안으려다가 하마터면 바다에 빠질 뻔했어요.

"둘리틀 선생님이 널 찾고 계셔. 내가 널 찾아서 정말 다행이야."

"선생님과 나머지 모
두 괜찮은 거야?"

"물론이야. 둘리틀 선
생님이잖니. 모두 같이
있어."

그 말을 들으니 마음이 놓여 왠지 눈물이 날 것 같
았어요.

"선생님은 어디에 계셔?"

"여기서 대략 서쪽으로 60킬로미터 정도 떨어진 곳
에 계셔."

마도요호가 폭풍으로 산산이 부서지면서 나만 파도
에 쓸려 가 버린 모양이었어요.

"선생님이 계신 곳으로 가고 싶어도 노가 없어서 어
떻게 해야 할지 모르겠어."

내 말을 듣더니 미란다가 웃었어요.

"무슨 소리를 하는 거야? 지금도 선생님이 계신 곳으로 가고 있는걸. 이 판자로 된 배가 계속 움직이는 걸 몰랐구나?"

놀라서 바닷속을 보았더니, 파도 밑에서 돛대에 매달린 끈을 끌어당기는 등지느러미가 여러 개 보였어요. 돌고래들이었어요.

"선생님이랑 폴리네시아가 너를 발견하면 돌고래들에게 도움을 받아서 데리고 오라고 했어. 돌고래들은 선생님의 오랜 친구거든. 선생님을 위해서라면 뭐든

다 하지.”

“와, 미란다! 정말 최고야!”

내가 꼭 끌어안자 미란다는 썩 싫지 않은 얼굴이었
어요.

곧 해가 지고 바다에 달이 떴어요. 달빛이 잔잔한
물결을 반짝반짝 비추었어요. 미란다는 밤에는 날지
않겠다며 줄곧 내 곁에 있어 주었어요. 그 덕분에 나
는 긴장이 풀렸지요.

이윽고 저 멀리 불빛이 보였어요. 그것은 너덜너덜
해진 마도요호였어요. 부서진 갑판 위에서 누군가가
우렁찬 목소리로 아프리카 노래를 불렀어요.

“둘리틀 선생님!”

내가 양손을 입가에 대고 선생님을 부르자, 건너편
에서 곧 대답이 돌아왔어요.

“어이! 스터빈스, 어서 오렴.”

평소와 다름없이 느긋한 선생님의 목소리가 들렸
고, 곧이어 범포의 목소리도 울렸어요.

"다치지 않고 돌아와서 정말 다행이야. 슬슬 저녁밥
도 다 됐다고."

그리고 지프가 '왕왕' 하고 짖고, 치치가 웃는 소리
가 섞여 내 귀를 두드렸어요.

모두 무사한 모습을 보니 어째서인지 갑자기 눈물
이 나왔어요.

6 이상한 딱정벌레

　폭풍이 지난 뒤, 둘리틀 선생님과 동료들을 다시 만난 기쁨은 무척 컸어요. 얼마나 기뻤는지는 선생님의 집에 살며 일을 돕게 되었을 때와 비슷하거나, 어쩌면 그 이상이었을지도 몰라요.

　마도요호는 커다란 파도에 휩쓸렸다가 거꾸로 떨어지며 산산이 부서져 버렸어요. 그런데도 모두 부서진 배에 매달려 어떻게든 살아남았지요. 내가 타고 온 돛대에 붙어 있던 판자를 배에 잇고 줄로 단단히 고정하자, 범포가 기쁜 듯이 말했어요.

"이제 다시 함께 있을 수 있겠구나. 정말 다행이야."

"자, 돌고래에게 부탁해서 출발하자꾸나."

선생님의 말에 나는 당황해서 물었어요.

"어디로 가는 건가요?"

"당연히 거미원숭이 섬이지."

둘리틀 선생님은 아무렇지도 않은 듯이 말했어요. 깜깜한 밤이라 잘 모르겠지만, 몇십 킬로미터 앞에 섬이 있는 것 같았어요.

"밤이라서 섬이 보이지 않을지도 모르겠군."

그토록 커다란 폭풍에 휩쓸렸는데도 둘리틀 선생님은 끝내 목적지를 발견했어요. 그저 운이 좋다고 표현하기엔 뭔가 부족한 듯한 기분이 들었지요.

"스터빈스, 혼자서 고생이 많았다. 자, 이거 먹어라. 배가 고플 거야."

둘리틀 선생님이 그릇에 담아 준 수프를 먹고 몸이 따뜻해지자, 마음이 놓여 나는 곧 잠들어 버렸어요.

다음 날 아침, 눈을 뜨자 가까이에 섬이 보였어요.

섬은 길고 가느다란 모양이었는데 높은 바위산들이 한가운데에 솟아 있었어요. 모래밭 건너편에는 열대의 섬에나 있을 것 같은 식물이 섬 전체를 무성하게 덮고 있었지요.

"와, 거미원숭이 섬이다!"

내가 함성을 지르자, 범포가 '쉿' 하고 입에 손가락을 가져다 댔어요.

"섬사람들이 멀리서 우리를 지켜보는 거 같아. 아까 미란다가 잠깐 다녀가면서 알려 줬어."

미란다는 그 뒤로도 주변을 살피기 위해 한 번 더 날아갔다가 왔어요. 둘리틀 선생님은 드물게 걱정스러운 얼굴이었어요. 섬사람인 인디언들은 다른 곳에서 온 사람들을 환영하지 않는 것 같았지요. 범포가 말했어요.

"저들이 우리에게 겁을 주려고 갑자기 몰려올지도 몰라."

"하지만 우리가 찾는 긴화살이 여기에 있잖아."

내가 말했어요. 우리는 그 위대한 박물학자를 만나기 위해 모험을 떠났으니까요.

"그때 여기에 있었다고 한 거지, 긴화살이 아직도 이 섬에 있는지는 몰라. 우선 육지에 올라가 찾아보자꾸나."

둘리틀 선생님이 말했어요. 하지만 항구도 없었고, 배를 모래밭에 대자니 이번에야말로 완전히 부서질지도 모르는 일이었어요. 만약 그렇게 되면 다른 배를 발견하지 못하는 한 고향에 돌아갈 수 없었어요. 하지만 다른 방법이 없었지요.

"지금까지 고마웠다. 잘 돌아가렴."

둘리틀 선생님은 여기까지 배를 끌어 준 돌고래들에게 인사하고, 우리를 향해 돌아섰어요

"좋아, 모두 필요한 만큼 물통과 먹을 것을 챙기렴. 배에서 내리는 즉시 저쪽 풀숲으로 재빨리 뛰어드는 거야. 인디언들이 쏜 화살이 날아올지도 모르니까 곧바로 달려. 알겠지?"

"네? 화살이라고요?"

그 순간 덜컥 겁이 났지만, 선생님이 신호를 보내자 생각할 틈조차 없었어요.

"자! 하나, 둘, 셋! 지금이야!"

모두 배에서 내려 모래밭으로 달려들었어요.

맨 앞에는 개 지프가, 그 등에는 원숭이 치치가 타고 있었어요. 둘리틀 선생님이 그 뒤를 쫓았지요.

폴리네시아는 선생님의 어깨에서 떨어지지 않게 꼭 달라붙었어요.

나도 둘리틀 선생님의 뒤를 허둥지둥 따라갔어요. 그 뒤에서 범포가 기다란 다리로 휘적휘적 우리를 쫓아왔어요.

목표로 삼았던 풀숲에 뛰어들자, 범포가 풀숲의 끄트머리로 머리를 내밀고 주변을 둘러보았어요.

"망을 보던 놈들은 숲으로 돌아갔어요. 하지만 우리에게 아침밥을 줄 생각은 없는 것 같네요. 할 수 없군요. 비스킷을 먹으면서 참는 수밖에요."

"아니, 이런 곳에서 쉬면 안 돼. 언제 습격당할지 모르니까. 이대로 숲 안쪽까지 가자꾸나."

둘리틀 선생님은 우거진 숲을 헤치고 앞장서서 걸음을 내디뎠어요. 숲의 나무들은 잎이 모두 넓적하고 커다랬어요.

"이 나무들과 풀은 더운 지역에서 볼 수 있는 식물인데."

둘리틀 선생님이 말했어요.

"하지만 이 섬은 선선한데요? 덥기는커녕 오히려 추운 것 같아요."

내가 말하자, 선생님이 고개를 끄덕였어요.

"이 섬은 원래 따뜻한 지역의 바다에 떠 있었을 거야. 하지만 기온이 이런 걸 보면 거센 바람에 밀려 꽤나 남쪽으로 떠내려온 것 같구나. 어쩌면 남극에 가까워졌을지도 몰라."

한참 걷다 보니 갑자기 눈앞이 확 트였어요. 울창한 초록색 잎사귀 건너편으로 푸르른 바다가 펼쳐졌어요.

울퉁불퉁하고 딱딱한 바위를 찾은 둘리틀 선생님이 우리를 돌아보았어요.

"여기서 좀 쉬다 가자."

폴리네시아와 치치가 망고처럼 생긴 맛있어 보이는 과일과 나무 열매를 찾아다 주었어요.

우리는 뜻밖의 음식에 기뻐서 소리를 질렀어요.

"이곳에선 먹을 것이 없어서 곤란하지는 않을 것 같아요."

범포도 기쁜 것 같았어요.

그때 갑자기 벌이 '붕붕' 날갯짓하는 듯한 소리가 들려오더니, 거대한 벌레가 눈앞을 스쳐 날아갔어요.

"앗, 저것은 자비즈리다!"

둘리틀 선생님은 급히 일어나 모자를 손에 쥐고는 재빨리 쫓아가 풀숲으로 뛰어들었어요.

"됐다, 됐어! 잡았다!"

둘리틀 선생님은 어린아이처럼 폴짝폴짝 뛰어오르며 돌아왔어요. 그러고는 범포의 코앞에 "이거 보렴!" 하고 손을 들이밀었어요.

범포는 망고를 맛있게 먹다가 비명을 질렀어요.

"으악! 지금 뭐 하시는 거예요!"

둘리틀 선생님은 함박웃음을 지었어요.

"이런 곳에서 자비즈리를 발견하다니!"

자비즈리는 몸길이가 8센티미터 정도인 딱정벌레였어요.

정말로 보기 힘든 곤충이었지요.

"곤충학자라면 전 재산을 내고서라도 한 번쯤 보고 싶어 하는 벌레란다."

그때 나는 자비즈리의 다리에 뭔가 감겨 있는 것을 발견했어요.

"자비즈리가 다리에 이상한 것을 붙이고 날아다니네요."

"응? 이게 뭐지?"

자세히 들여다보았더니, 오른쪽 앞다리에 마른 잎 같은 것이 감겨 있었어요. 그 잎은 거미줄로 돌돌 묶여 있었지요. 둘리틀 선생님이 딱정벌레의 다리에서 나뭇잎을 떼어냈어요. 나뭇잎에는 그림 비슷한 것이 빽빽하게 그려져 있었어요.

"나뭇잎에 쓴 편지로군. 다른 사람들에게 무언가를 그려서 전하려고 한 것 같은데……. 역시 그렇구나!

이건 긴화살이 나에게 보내는 편지야."

"긴화살이 보냈다고요? 그걸 어떻게 아세요?"

내가 묻자, 선생님은 얼굴을 들었어요.

"자비즈리에게 편지를 들려서 보냈으니까. 어째서인지 긴화살은 내가 만나러 올 거라는 사실을 미리 알았던 것이 틀림없어. 그리고 나라면 이 딱정벌레를 보는 즉시 꼭 잡으려고 할 테니까."

나는 긴화살이 글자를 쓸 줄 모르는 박물학자였다는 것을 떠올렸어요.

"그런데 이 그림은 어떤 의미일까요?"

둘리틀 선생님은 잎에 그려진 조그마한 그림을 살펴보았어요.

"잠깐 기다려 보렴. 역시, 긴화살은 동료들과 산에 있는 동굴을 탐험하다가 산사태가 일어나 동굴에 갇혀 버린 것 같구나."

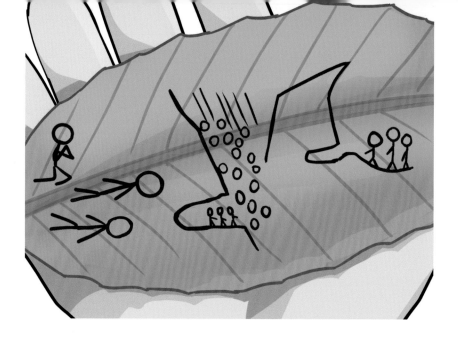

　동굴의 앞쪽에 넓은 공간이 있어서 다행히 어떻게
든 피할 수 있었나 봐요.

　"이 사람은 옆으로 쓰러져 있고, 이 사람은 기도를
하고 있는 것 같군. 배가 고픈 건지, 아픈 건지 알 수
없지만 때를 놓치면 안 되니 뭐든 찾아보자."

　"어떻게요?"

　범포가 묻자, 둘리틀 선생님은 나뭇잎 편지를 가리
켰어요.

　"이것은 산사태가 있던 산의 그림이야. 보렴, 여기,

산이 매의 머리처럼 생겼잖아. 되도록 높은 곳에 올라가서 매의 머리 모양을 한 산을 찾아보자꾸나. 빨리 그 사람들을 구해야만 해. 어서!"

우리는 힘을 내서 산꼭대기에 올라가 주변을 둘러보았어요. 눈이 좋은 범포가 소리쳤어요.

"선생님, 저 산이 맞죠?"

"그래, 확실히 매의 머리 모양 같군. 가 보자."

둘리틀 선생님은 모두를 격려하며, 매의 머리 모양을 한 산기슭까지 급히 오르느라 끙끙거렸어요.

"이거, 생각했던 것보다 더 높은 산이구나. 산사태로 무너진 동굴을 찾는 게 쉽지 않을 것 같아. 지프, 어디서 사람의 냄새가 나지 않니?"

지프는 킁킁거리며 주변 냄새를 맡았어요.

"이 섬은 거미원숭이의 냄새로 가득해서 냄새로 구분할 수가 없어요. 게다가 날씨가 춥고 건조해서 냄새를 맡기가 힘들어요."

거미원숭이 섬이라는 이름에 어울리게 이 섬에는 거미원숭이가 잔뜩 살고 있었어요.

그때 앵무새 폴리네시아가 제안했어요.

"아까 그 딱정벌레를 풀어 주면 어때요? 선생님의 말처럼 긴화살이 바위가 무너지는 바람에 동굴에 갇혔다면, 동굴을 탐험할 때 그 곤충을 발견했단 거잖아요. 그렇다면 거기가 그 딱정벌레의 집이라는 뜻이니까 놓아주면 돌아가지 않을까요?"

"그렇구나!"

내가 목소리를 높였는데도 둘리틀 선생님은 계속 망설였어요.

"이대로 자비즈리를 놓아준다면 그대로 날아가 버릴 거야. 그러면 두 번 다시 만나지 못할지도 몰라."

"선생님, 어떻게 그런 이기적인 말을 할 수 있어요?

지금은 사람의 목숨이 더 중요하다고요."

폴리네시아에게 혼나고서야 선생님은 풀이 죽어 고개를 끄덕였어요. 폴리네시아가 다시 말했어요.

"이래 봬도 나도 새예요. 그 이상한 딱정벌레가 날아오르면, 확실히 뒤쫓을 테니 걱정 마세요."

"폴리네시아, 잘 부탁한다!"

둘리틀 선생님은 폴리네시아에게 진심으로 부탁하며, 자비즈리 딱정벌레를 놓아주었어요.

7 긴화살과 마법사

자비즈리 딱정벌레는 '붕' 날아올라 가까이에 있는 바위에서 멈추었어요. 그것을 보고 범포가 쓴웃음을 지었어요.

"이 녀석은 바보라서 자기 집을 잊어버렸을 거예요. 아무리 폴리네시아라도 이번에는 방법이 없을 것 같은데요?"

"그렇지 않아요. 보세요, 바위 안쪽 틈으로 기어들어 가잖아요. 자비즈리의 집은 분명히 이 바위 건너편에 있을 거예요."

앵무새 폴리네시아가 소곤소곤 말했어요. 둘리틀 선생님도 고개를 끄덕였어요.

"그런 것 같군. 어쩌다가 산사태가 일어나 흙이 쏟아져 내렸는데, 위에서부터 판판하고 거대한 바위가 떨어져 내려 동굴을 막아 버린 거야."

둘리틀 선생님이 가까이에 있던 돌로 바위를 '통통' 두들기자, 잠시 뒤 바위 뒤편에서 '통통' 하고 답이 돌아왔어요.

"모두 들었지, 지금 이 소리? 반대편에 누군가 있는 것 같은데……."

"바위를 치워 버려야겠군요."

범포가 있는 힘껏 밀어 보았지만 꿈쩍도 하지 않았어요.

"범포가 아무리 힘이 세다고 해도 이걸 움직이는 건 무리야. 좀 더 머리를 써야지."

둘리틀 선생님은 바위 주변을 조사하고는 우리를 돌아보았어요.

"바위 밑의 땅을 무너뜨리자꾸나. 그러면 바위의 무게 때문에 흙이 아래로 가라앉아서 틈이 생길 거야. 그러면 어떻게든 되지 않을까?"

둘리틀 선생님의 말대로 우리는 바위 아래를 파기 시작했어요. 삽이 없어서 매우 힘들었지만, 바위 아래의 땅은 산사태로 인해 한 번 무너진 탓인지 푸슬푸슬해서 허물어뜨리기 쉬웠어요. 개 지프는 앞발로 구멍을 파듯 흙을 파냈어요.

이윽고 틈이 생기고, 바위 건너편에서 목소리가 들려왔어요. 아무래도 무슨 노랫소리 같았지요. 하지만 낯선 말이라 무슨 내용인지는 알 수 없었어요. 동굴에 갇힌 사람들을 도울 수 있다는 생각에 다들 기뻐했어요.

"긴화살 씨, 거기 계세요? 나는 영국에서 온 둘리틀입니다."

둘리틀 선생님이 여러 가지 동물의 말로 부르자 잠시 뒤에 답이 돌아왔어요.

"오, 여기에 있습니다."

긴화살은 독수리의 말로 대답했어요.

둘리틀 선생님은 바위 너머 사람들에게 바위 아래를 뚫어 달라고 부탁했어요. 우리는 다시 땅을 파기 시작했어요. 그렇게 몇 시간이 흘렀어요. 이윽고 거대한 바위가 흔들흔들 움직이더니 갑자기 커다란 땅울림을 내며 앞으로 쓰러져 반으로 쪼개졌어요.

높이가 6미터는 충분히 될 만큼 커다란 입구가 드러났어요. 떨어져 내리는 흙먼지 저편에 새의 깃털로 만든 관을 쓴 키 큰 남자가 서 있었어요. 긴화살이 틀림없었지요.

"둘리틀 선생님이신가요?"

"당신이 긴화살 씨인가요?"

둘리틀 선생님은 두 팔을 벌려 덩치 큰 남자를 꼭 끌어안았어요.

세계에서 가장 훌륭한 박물학자인 둘리틀 선생님과 세계에서 가장 위대한 박물학자인 긴화살이 처음으로 만나는 감동적인 순간이었어요.

"구해 주셔서 정말 감사합니다. 이 은혜는 평생 잊지 않겠습니다."

긴화살은 눈물을 글썽이며 말했
어요.

동굴 안에는 어른과 아이가 아
홉 명 정도 있었어요. 오랫동안 갇
혀 있었던 탓인지 모두 겨우 비틀
비틀 일어섰어요. 그들은 긴화살
에게 길 안내를 부탁받은 안내인
들이라고 했어요.

"그런데 긴화살 씨, 당신은 조개
의 말을 잘 압니까? 아니면 거대
한 바다유리달팽이에 대해 아는
것이 있나요?"

둘리틀 선생님은 거미원숭이 섬
까지 긴화살을 찾아온 목적을 말
했어요.

"저도 조개의 말은 모릅니다. 그리고 거대한 바다유리달팽이를 찾기는 정말 어려울 거예요. 저도 이 주변에서 딱 한 번 마주친 적이 있을 뿐입니다. 보통 때는 바다 밑 깊은 구멍에서 사니까요."

긴화살이 어깨를 으쓱하며 말했어요. 나는 무척 실망했어요.

"다 잘될 거야, 스터빈스. 걱정하지 마."

둘리틀 선생님은 나를 위로하며 미소를 지었어요.

"자, 여기에도 멋진 것이 잔뜩 있으니까 열심히 노력해서 즐거운 일을 만들어 봅시다."

"그게 좋겠습니다. 저는 이 거미원숭이 섬의 신기한 식물과 곤충을 찾아보러 갈 생각입니다. 아! 둘리틀 선생님, 선생님은 역시 이것에 흥미가 있으시겠죠?"

긴화살이 내민 것은 아까 놓아준 자비즈리였어요.

"와, 보여 주십시오!"

둘리틀 선생님이 들뜬 목소리로 외쳤어요. 그때, 범포가 당황한 얼굴로 다가왔어요.

"큰일 났어요. 섬사람들에게 포위당했어요!"

주변을 둘러보니 활을 든 섬사람들이 벼랑 위와 숲 속에서 이쪽을 노려보고 있었어요.

그런데 긴화살과 함께 있던 아이들이 손을 흔들자, 섬사람들은 기쁨에 겨워 소리를 지르며 달려왔어요.

섬사람들은 동굴에 갇혀 있던 사람들이 무사한 것을 확인하고 크게 기뻐했어요. 그들은 우리를 환영하며 잔치를 크게 열어 주었어요.

마을 광장에 도착하자, 과일이랑 물고기 등 먹을거리가 산처럼 쌓여 있었어요. 하지만 범포는 이렇게 주문했어요.

"날음식에는 이제 질렸어요. 오랜만에 따뜻한 수프를 먹을 수는 없을까요? 조금 춥기도 하고요."

그러자 옆에 있던 긴화살이 곤란한 듯 물었어요.

"따뜻한 음식을 어떻게 만듭니까?"

"불을 피워서 만들면 되지요."

둘리틀 선생님의 말에 긴화살은 고개를 갸웃거렸어요.

"불이 무엇입니까?"

"네? 불을 모른다고요?"

내가 깜짝 놀라자, 둘리틀 선생님은 양손을 '짝' 마주쳤어요.

"역시 그런 거였군. 스터빈스, 이 거미원숭이 섬은

매우 남쪽에 있어. 원래는 아주 따뜻했기 때문에 불을 사용하지 않고도 살 수 있었지."

"지금은 이렇게 추운걸요. 점점 추워지는 것 같아요. 이제 입김도 나잖아요."

범포가 하얀 입김을 '후' 불어 보이자, 선생님도 고개를 끄덕였어요.

"이대로라면 섬사람들은 얼어 죽을지도 몰라. 먼저 불을 피우자."

우리가 불쏘시개로 쓸 만한 바싹 마른 잎들을 찾아오자, 둘리틀 선생님은 나무 막대기를 판자에 대고 비볐어요. 막대기를 계속 비비자 연기가 피어올랐고, 이윽고 활활 불이 붙었어요.

"스터빈스, 이 불이 꺼지지 않도록 장작을 계속 넣으렴. 범포는 물고기를 막대에 꿰어 모닥불 주변에 꽂아 두고."

둘리틀 선생님이 서둘러 지시를 내렸어요.

불을 몰랐던 섬사람들은 처음에는 무서워하며 멀리서 바라보기만 했어요. 나는 나와 나이가 비슷해 보이는 아이를 불러서, 손짓으로 불을 쬐어 보라고 가르쳐 주었어요. 아이가 처음 느낀 따뜻함에 황홀해하는 것을 보고, 그제야 어른들도 마음을 놓고 가까이 다가왔지요.

그 사이에 범포가 구운 물고기를 나눠 주었어요.

처음 맡아 보는 맛있는 냄새에 섬사람들은 크게 흥분했어요. 나중에는 둘리틀 선생님 앞에 무릎을 꿇고 기도를 드리는 사람까지 있었답니다.

"그동안 다들 추워서 고생했거든요. 아마도 선생님을 마법사로 여기는 것 같습니다."

긴화살의 말을 들은 둘리틀 선생님은 무척 기뻐했어요.

8 추장이 된 둘리틀 선생님

긴화살의 이야기에 따르면 거미원숭이 섬은 북쪽 마을과 남쪽 마을로 나뉘어 있었어요. 우리가 도와 준 것은 북쪽 마을 사람들이었지요. 둘리틀 선생님이 불의 뜨거움을 가르쳐 준 덕분에 마을 사람들은 이제 추위를 제법 막을 수 있게 되었어요.

"섬이 남쪽으로 흘러가고 있으니. 이대로라면 남극에 도착할지도 모르겠구나."

둘리틀 선생님이 걱정스럽게 말했어요.

"그러면 펭귄을 만날 수 있나요?"

나는 언젠가 펭귄을 두 눈으로 직접 보고 싶었기 때문에 가슴이 두근거렸어요.

"그럴 수도 있겠지. 그런데 남극은 얼어붙은 세계란다. 불이 있어도 너무 추워서 섬사람들이 모조리 감기에 걸려 버릴 것 같구나."

확실히 섬사람들은 원래 더운 지역에 살았던 탓에, 절반 정도는 벌거벗은 듯한 모습이었어요.

"돌고래들이 우리 배를 끌어 준 것처럼 섬을 끌어 준다면 좋을 텐데요."

내가 중얼거리자 둘리틀 선생님이 갑자기 눈을 빛냈어요.

"그거야! 스터빈스, 정말 멋진 생각이구나."

"하지만 돌고래들이 아무리 힘을 써도 섬을 옮기기는 힘들걸요."

"그럼 저기 저 고래들에게 부탁하면 되지."

둘리틀 선생님은 해변에 나가서 손가락으로 앞바다를 가리켰어요.

그곳에는 커다란 고래들이 물을 내뿜고 있었어요. 둘리틀 선생님은 사이가 좋은 돌고래를 통해 고래들에게 힘을 빌려달라고 부탁했어요.

"번갈아 가며 섬을 밀어서 원래 있던 곳으로 되돌려 놓을 모양이에요."

돌고래가 물가에 다가와 둘리틀 선생님에게 고래들의 작전을 알려 주었어요.

"그런데 둘리틀 선생님, 이 섬이 왜 떠다니는지 아

세요?"

돌고래가 이상한 질문을 했어요.

"사실은 이 섬 한가운데에 공기로 된 방 같은 게 있어요. 그 때문에 이 섬은 바다 밑바닥으로부터 30미터 정도 위에 떠 있고요."

"역시 그렇군. 그 공기를 빼면 바닥이 바다 밑바닥에 닿아서 더 이상 떠다니지 않게 되겠구나."

"말씀하신 대로예요. 하지만 어떻게 공기를 뺄 수 있을까요?"

돌고래는 노래를 부르듯 말하고는 곳 쪽으로 헤엄쳐 갔어요.

"섬의 공기를 빼는 방법이라……."

팔짱을 끼고 생각에 잠긴 둘리틀 선생님에게 긴화살이 곤란한 얼굴로 다가왔어요.

"선생님, 남쪽 마을 사람들이 곧 공격해 올 것 같습니다."

"대체 왜요?"

"그게……."

거미원숭이 섬이 점점 남쪽으로 내려가면서, 남쪽 마을에 사는 사람들은 북쪽 마을 사람들보다 추위에 더 심하게 시달렸어요. 덜덜 떨다가 병들어 눕는 사람들이 하나둘 늘어났지요. 그런데 북쪽 마을에는 둘리틀이라는 마법사가 찾아와 불이라는 마법을 썼고, 그 덕분에 모두 따뜻하게 살게 되었다지 뭐예요? 그 소리를 들으니 남쪽 마을 사람들은 억울하다는 생각이 들었어요.

게다가 사람들이 앓는 병도 그 마법사가 불러온 게 아니냐는 소문까지 돌았어요. 그런 이유로 쳐들어오는 거라는 이야기였지요. 문제는 남쪽 마을에 북쪽 마을보다 몇 배나 더 많은 사람이 산다는 것이었어요.

　"도망치시라고 말씀드리고 싶어도 배가 없고, 지금부터 만들어도 때를 맞추지 못할 것 같습니다."

　긴화살이 걱정스럽게 말하며 머리를 숙였어요. 그 모습을 보며 앵무새 폴리네시아가 둘리틀 선생님에게 속삭였어요.

　"저기요, 선생님. 여기부터는 저와 치치가 나설 차례인 것 같아요."

　폴리네시아는 이 섬에는 거미원숭이 외에도 검은 앵무새가 몇천 마리나 살고 있다고 했어요. 그들과 치치, 지프의 도움을 받아 남쪽 마을 사람들을 놀라게 한다는 것이 폴리네시아가 세운 작전이었어요.

"그거 멋진 작전
이군. 이쪽도 무기
를 들고 싸운다면,
어느 쪽이든 부상
을 입는 사람이 생
기기 마련이지. 지
금부터 여기는 폴
리네시아 장군에게
맡기마."

둘리틀 선생님은
폴리네시아를 장
군이라고 불러 주
었어요.

폴리네시아와 치치는 신이 나서 숲으로 뛰어 들어 갔어요. 이윽고 남쪽 마을 사람들이 산을 넘어서 습격해 왔어요. 폴리네시아의 지휘를 받은 앵무새들과 원숭이들은 아주 멋진 활약을 펼쳤지요.

어두운 밤으로 착각할 만큼 검은 앵무새 떼가 하늘을 가득 메웠어요. 새까매진 하늘 아래 여기저기에서 이 세상의 소리로는 생각되지 않는 울음소리가 울려 퍼졌어요.

울음소리의 정체는 물론 거미원숭이였지요. 하지만 남쪽 마을 사람들은 신이 화났다고 생각하고 앞다투어 도망쳤어요. 모두들 머리를 감싸안고 공포에 떨며 마을 안쪽으로 뛰어갔지요.

그때 둘리틀 선생님이 긴화살과 함께 나타나 이들에게 말했어요.

"지금부터 싸우는 것을 금지한다. 싸움을 그만둔다

면 병을 고쳐 주마."

그때부터 우리는 한동안 바쁘게 움직여야 했어요. 남쪽 마을에는 워낙 많은 사람이 병에 걸려서 자리에 누워 있었으니까요. 특히 아이들은 감기가 얼마나 심한지 보기에 가여울 정도였어요.

남쪽 마을에는 곧 눈이 내리기 시작했고, 땅이 새하얗게 덮여 버렸어요. 우리와 북쪽 마을 사람들은 힘을 합쳐 불을 피웠어요. 둘리틀 선생님과 긴화살은 숲에서 약초를 뜯어 와 아픈 사람들에게 먹였어요.

그 덕분인지 남쪽 마을 사람들의 상태는 점점 좋아졌어요. 게다가 고래들이 바닷속에서 섬을 따뜻한 열대 지역 쪽으로 힘껏 밀어 준 덕분에, 눈도 녹고 기온도 점점 올라가서 뛰어다니면 땀이 날 정도가 되었어요.

그러던 어느 날, 남쪽 마을 추장과 북쪽 마을 추장이 둘리틀 선생님을 찾아와 말했어요.

"둘리틀 선생님, 선생님 덕분에 그렇게 으르렁거렸던 저희가 사이좋게 지내게 되었습니다. 제발 앞으로도 이 섬에 계시면서 우리의 추장이 되어 주십시오."

나는 이 말을 듣고 깜짝 놀랐지만, 긴화살은 그 말에 찬성했어요.

"이 섬의 평화를 지키기 위해서는 둘리틀 선생님이 추장이 되는 것이 가장 좋은 방법입니다."

"그럴지도 모르겠군요."

둘리틀 선생님은 어쩔 수 없다는 듯 고개를 끄덕였어요. 두 마을의 추장들은 매우 기뻐하며, 선생님을 섬의 추장으로 맞기 위해 재빨리 준비를 시작했어요.

앞에서 둘리틀 선생님의 이름이 '하는 일이 별로 없다'는 의미였던 것, 기억나나요?

그 이름은 선생님에게 어울리지 않았기 때문에 '싱크어랏'이라는 새로운 이름이 붙었어요.

싱크어랏(Think a lot), 다시 말해 '생각을 많이 하다'라는 뜻이에요. 뭐 그게 사실이긴 하지만, 선생님에게는 역시 둘리틀이라는 이름이 잘 어울리는 것 같지 않나요? 여러분의 생각은 어때요?

둘리틀 선생님이 싱크어랏 추장이 되는 의식은 거미원숭이 섬의 중심에 우뚝 솟은 산꼭대기에서 열렸어요.

이 산은 오래된 화산으로, 산꼭대기에 커다란 구멍이 뚫려 있었어요.

그곳에는 '속삭이는 돌'이라는 넓고 커다란 돌이 있었는데, 선생님은 거기에 앉아서 신성한 왕관을 받았지요. 긴화살이 둘리틀 선생님에게 이 바위의 전설을 가르쳐 주었어요.

"이 바위가 사라지면 거 미원숭이 섬은 더 이상 떠다니지 않게 된다는 전설이 있답니다."

"그렇다면……."

둘리틀 선생님은 씩 웃었어요.

"스터빈스, 고래에게 들었던 이야기를 기억하지? 섬 중심에 빈 공간이 있다는 것."

"그게 사라지면 섬이 더 이상 떠돌아다니지 않게 된다는 이야기요?"

"그래, 지금 이 상태가 딱 좋다고 생각하지 않니? 너무 덥지도 않고 너무 춥지도 않고, 이 섬에 사는 식물들에게도 딱 알맞고 말이야."

"생각해 보니 그러네요."

"어디 한번 시험해 볼까?"

둘리틀 선생님은 '속삭이는 돌'을 툭툭 차 보았어요. 그러자 돌은 흔들흔들 움직이다가 화산 구멍 속으로 퐁당 떨어져 버렸어요.

잠시 뒤 공기가 빠지는 소리가 나더니, 섬 전체가 덜컹덜컹 흔들리며 가라앉기 시작했어요. 섬사람들은 비명을 질렀지만 둘리틀 선생님은 나에게 이렇게 속삭였어요.

"섬이 30미터 정도 바다에 잠기면 멈출 거야."

이윽고 긴화살이 둘리틀 선생님의 머리에 *실크해트 대신, 나무로 만든 왕관을 씌우며 섬사람들에게 말했어요.

"싱크어랏 추장님의 은혜로, 이제 거미원숭이 섬은 언제나 따뜻한 땅으로 남게 되었습니다! 위대한 싱크

---

124 *실크해트: 남자가 쓰는 정장용 서양 모자. 높이가 높고 꼭대기가 평평하며 넓은 테두리가 달려 있다.

어랏 추장님, 만세!"

섬 전체에 만세 소리가 울려 퍼졌어요.

아, 정말 다행이었어요. 이제 마음을 놓을 수 있었으니까요. 나와 둘리틀 선생님은 두 손을 맞잡고 기뻐했어요.

9 거대한 바다유리달팽이

거미원숭이 섬의 추장이 된 둘리틀 선생님은 할 일이 너무 많아 눈코 뜰 새 없이 바빴어요.

이 섬에는 병원도, 학교도 없었기 때문에 가장 먼저 이런 시설을 만들어야 했어요. 그러고 나니 의사와 학교 선생님도 필요해졌지요. 그런데 의사 역할은 싱크어랏 추장이 맡을 수 있었지만, 그와 동시에 학교 선생님까지 맡을 수는 없었기 때문에 범포와 내가 선생님이 되었어요. 나는 아직 어린아이인데도 섬 아이들이 토미 선생님이라고 불러서 좀 부끄러웠어요.

그렇게 몇 달이 지나자, 나는 점점 우울해졌어요.

오랫동안 못 본 어머니도 만나고 싶었고, 퍼들비 마을 근처에서 파는 맛난 빵도 먹고 싶었지요.

폴리네시아와 치치, 지프 그리고 범포와 바닷가를 산책하며 나는 폴리네시아에게 내 기분을 말했어요.

그러자 폴리네시아가 말했어요.

"토미, 너는 병에 걸렸어."

"병? 나는 건강한데?"

"아니야, 병이 맞아. 고향을 그리워하는 향수병이라는 병이지. 고향에 돌아가고 싶지?"

"응."

"나도 그래. 댑댑에게 또 그렇게 집을 어지르면 어떻게 하느냐고 다시 혼나고 싶을 정도야."

그러자 범포도 '후' 하고 한숨을 쉬었어요.

"나도 이제 슬슬 대학에 돌아가야 돼. 더 늦으면 교수님께 혼나."

"맞아. 하지만 둘리틀 선생님이 저렇게 열심이니까."

폴리네시아는 곤란하게 됐다며 치치의 머리를 부리로 콕콕 쪼았어요. 치치가 소리쳤어요.

"너무해, 폴리. 왜 이런 짓을 하는 거야?"

"마침 여기에 네 머리가 있으니까. 놀려서 미안. 하지만 이 배로는 돌아가고 싶어도 돌아갈 수 없어."

건너편 나무에 부서진 마도요호가 걸려 있었어요. 확실히 바닥이 부서져 버린 저 배로는 영국까지 돌아갈 수 없을 것 같았어요.

"엄마……."

내가 울먹거리는데 지프가 발을 멈추었어요.

"저기, 저 돌 말이야. 지나치게 반짝거리는 것 같지 않아?"

모래밭에 무언가가 희끄무레하게 햇빛을 반사하며 빛나고 있었어요. 얼마 안 있어 그것은 천천히 이쪽을 돌아보았어요. 머리 위로 죽 뻗은 작은 눈이 두 개, 등에는 투명하고 집채만큼 커다란 껍데기를 지고 있었지요.

'저것은 혹시…… 선생님이 예전에 말씀하신 거대한

바다유리달팽이?'

나는 두근거리는 가슴을 꼭 누르고 지프에게 부탁했어요.

"어서 가서 선생님을 불러와 줄래?"

"알았어."

지프는 쏜살같이 달려갔어요.

"대체 무슨 일이지? 유리가 어떻게 되었다고?"

싱크어랏 추장인 둘리틀 선생님이 지프에게 소매를 물려 모래밭으로 끌려왔어요. 선생님은 오자마자 바로 거대한 바다유리달팽이를 알아보았어요.

"어, 어, 이건!"

"선생님, 이 달팽이에게 우리를 영국으로 데려다 달라고 부탁해 주세요."

내가 말하자, 둘리틀 선생님은 조그맣게 한숨을 내쉬었어요.

“그렇게 하고 싶은 마음은 굴뚝 같지만, 아직 이 섬에서 해야 할 일도 있고……”

“선생님, 이 거대한 바다유리달팽이가 우리를 태워 준다면 깊은 바닷속 이야기를 들을 수 있을 거예요. 그런 기회는 일생에 단 한 번밖에 없을 거라고요.”

나는 둘리틀 선생님을 다시 설득했어요. 다행히도 선생님은 내 말을 듣고 마음이 크게 흔들리는 것 같았어요.

둘리틀 선생님은 바다유리달팽이에게 가까이 다가가, 이것저것 말을 걸더니 우리 쪽으로 돌아왔어요.

“대단해. 저 바다유리달팽이는 매우 느리긴 해도 해도 물고기와 곤충의 말 비슷한 것을 할 줄 알더군. 어쩌면 조개의 말도 알 것 같은데? 저 녀석은 지금 집이 사라져 버려서 여행을 떠날 생각인 것 같아. 우리를 영국까지 데려다준다고 하더구나.”

바다유리달팽이의 집은 거미원숭이 섬의 바로 아래에 있었어요. 그런데 섬이 바다에 가라앉을 때 집이 부서져 돌아갈 곳이 없어진 탓에 이사를 하려는 것이었지요.

"섬사람들에게 어떻게 작별 인사를 하지……."

둘리틀 선생님이 싱크어랏 추장으로서 고민할 때 긴화살이 나타났어요. 우리가 고민하는 사실을 알아차린 그가 말했어요.

"선생님은 이 섬을 위해서 최선을 다하셨습니다. 저는 조금 더 이 섬에 남아서 탐험을 이어 갈 테니, 저에게 뒷일을 맡기고 출발하십시오. 그리고 언젠가는 꼭 바다 밑을 탐험한 이야기를 들려주세요."

긴화살은 둘리틀 선생님과 악수한 뒤 실크해트를 씌워 주었어요.

"고마워요. 그렇게 하지요."

　실크해트를 고쳐 쓴 둘리틀 선생님은 긴화살과 악수하며 우리를 바라보았어요.

　"마도요호에 아직 식량이 남아 있을 거야. 챙길 수 있는 만큼 챙겨서 바다유리달팽이에게 주자꾸나. 모두들 고향으로 돌아가자!"

　우리가 함성을 지른 것은 당연한 일이었지요.

　그런데 바다유리달팽이와 함께한 여행은 어땠을 것 같나요?

먼저 바다유리달팽이는 바다 밑을 핥듯이 느리게 기어갔어요. 바다 밑은 전혀 평평하지 않았어요. 육지처럼 산도 있었고 계곡도 있었지요. 산호와 해초로 된 숲 같은 것도 있었어요.

바다유리달팽이의 집 안은 정말 멋졌어요. 진주로 된 투명한 벽 바깥으로 바다의 모습이 둥글게 비쳐 보였어요.

거대한 오징어와 가오리, 커다란 바다거북이 아주 가까이 지나가기도 하고, 알록달록 예쁜 열대어가 투명한 집 안에 있는 우리를 구경하러 와서 따분할 틈이 없었지요.

"바닷속에서는 우리가 수족관 안에 든 물고기와 같은가 봐."

내가 말하자 폴리네시아가 킥킥 웃었어요.

"그러네. 하지만 둘리틀 선생님은 이런 투명한 집

속에 앉아서 보는 것만으론 즐겁지 않은 것 같아. 바다유리달팽이와 줄곧 떠들고 있잖아. 하긴, 그렇게 알고 싶어 했던 조개의 말

을 배울 좋은 기회이니. 선생님이라면 달팽이와 나눈 이야기를 정리해서 꼭 책으로 내시겠지?"

거대한 바다유리달팽이는 대단히 나이가 많았고, 아주 오랫동안 바다에 살아온 것 같았어요. 전에 둘리틀 선생님이 말했던 것처럼 아주 오래전부터 바닷속에 어떤 것이 있었는지, 바닷속에 살던 생물이 언제 땅으로 올라갔는지 등 이런저런 일을 모두 알고 있었지요.

나는 아직 조개의 말도, 물고기의 말도 알지 못했기 때문에 둘리틀 선생님이 그 모든 이야기를 정리해서 들려줄 때까지 기다릴 수밖에 없었어요.

거대한 바다유리달팽이는 완만하게 이어진 바닥을 오르기 시작했어요. 천천히, 천천히. 이윽고 해변에 도착한 바다유리달팽이가 투명한 집의 입구를 살짝 열어 주었어요.

밖으로 나가 오랜만에 바깥 공기를 마시던 나는 짙은 안개에 숨이 막힐 것 같았어요. 그래요, 이것이 바로 영국의 공기죠. 비가 많이 와서 젖은 축축한 땅 냄새.

"앗, 저기 쥐가 도망가!"

지프가 신이 나서 짖었어요.

우리가 도착한 곳은 퍼들비 근처였어요.

"댑댑이 부엌에 따뜻하게 불을 피워 뒀겠지?"

내가 말하자, 둘리틀 선생님은 윗옷 주머니에서 회중시계를 꺼내 들여다보았어요.

"오후 네 시야. 서두르면 간식 시간에 맞출 수 있겠는걸." ♣

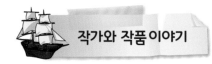
설렘과 두근거림이 가득한 동물과 모험의 세계로

만약 동물과 말을 할 수 있다면? 늘 좋기만 할까요? 둘리틀 선생님은 동물의 말을 할 줄 아는 의사예요. 영국의 작은 마을에서 기르던 앵무새 폴리네시아를 통해 동물도 말을 한다는 것을 알게 되었어요. 그 뒤로 폴리네시아로부터 동물의 말을 배워, 나라에서 제일가는 동물 의사가 되었어요. 이 책의 이야기는 둘리틀 선생님이 조개의 말을 배우기 위해 위대한 박물학자인 긴화살을 만나러 가려는 것으로 시작되지요.

둘리틀 선생님의 이야기는 1920년에 아프리카로 떠난 것부터 시작하여 북극에 이어 달로 모험을 떠난 것까지 모두 12권이나 나와 있어요. 그 두 번째 이야기인 이 책은 이 시리즈의 대표작으로 손꼽힌답니다.

이 책을 쓴 사람은 휴 로프팅이에요. 그는 1886년에 영국에서 태어났어요. 어렸을 때부터 곤충과 동물을 좋아했던 그는 제1차 세계 대전이 시작되자 군대에 들어가 전쟁에 나갔어요. 전쟁

터에서 타던 말이 다치고도 치료받지 못한 채 죽어 가는 모습을 보자 무척 가슴이 아팠어요. 그 내용을 자신의 아이들에게 편지로 쓰는 과정에서 동물의 언어가 탄생하게 되었지요. 그로부터 100년이라는 시간이 지나는 동안 이 시리즈는 전 세계에서 사랑받는 책으로 자리 잡았어요.

휴 로프팅

이 시리즈가 이토록 많은 사랑을 받은 비결은 무엇일까요? 저는 그 비결이 앵무새 폴리네시아가 이 책 속에서 말했던 "그러니 걱정하지 마. 둘리틀 선생님은 마지막까지 포기하지 않으니까."라는 말에 있는 것 같아요. 어려움이 있어도 포기하지 않고 앞으로 나아가는 것. 이것이야말로 인생을 즐겁게 살아가는 데 꼭 필요한 것일지도 몰라요.

마지막으로 만약 동물의 목소리가 들을 수 있다면, 그 목소리가 지금 우리가 살아가는 지구에서 가장 중요한 것이 무엇인지 분명히 가르쳐 줄 거라고 생각해요.

휴 로프팅

1886	1월 14일 영국 버크서주의 메이든헤드에서 태어남
1904	미국으로 건너가 매사추세츠 공과대학에 입학함
1907	영국 런던 공과대학으로 돌아와 졸업 후 건설 엔지니어로 활동함
1912	플로라 스몰과 결혼하여 뉴욕에 정착함
1915	제1차 세계 대전 발발 이후 뉴욕의 영국 정보부에서 일함
1917	전쟁 중 자녀들에게 동물과 소통하는 둘리틀 박사의 이야기를 편지로 보내기 시작함
1920	'둘리틀 박사'의 첫 번째 책인 《둘리틀 선생 이야기》를 출간함
1922	《둘리틀 선생의 항해기》를 출간, 이 작품으로 1923년에 아동문학의 노벨상으로 불리는 뉴베리상을 수상함
1923	《둘리틀 선생의 우체국》을 출간함
1924	《둘리틀 선생의 서커스단》을 출간함
1925	《둘리틀 선생의 동물원》을 출간함
1926	《둘리틀 선생의 캐러밴》을 출간함
1927	《둘리틀 선생의 정원》을 출간함
1928	《둘리틀 선생의 달 여행》을 출간함
1933	《둘리틀 선생, 달에서 돌아오다》를 출간함
1947	9월 26일 미국 캘리포니아주에서 세상을 떠남

왜 세계 명작을 읽을까요?

감수 요코야마 요우코
(지바경제대학 단기대학부 어린이학과 교수)

★ **전 세계의 많은 사람들이 한목소리로 추천한 작품이니까요.**

세계 명작은 시대가 지나도 여러 나라에서 널리 읽혀요. 낡았다는 느낌 없이 읽는 사람에게 감동을 주지요. 그건 명작이 삶의 본질을 비추기 때문이에요. 살다 보면 누구나 기쁠 때도 있고 힘들 때도 있어요. 명작은 읽는 사람에게 '즐겁게 살자!', '더 힘을 내어 살자!'라고 용기를 줄 수 있어요.

누군가 책을 읽고 재미있다고 하면 어느새 입소문이 퍼져 다른 사람이 읽고, 또 그렇게 읽은 사람도 '역시 읽을 만한 가치가 있어!'라고 생각하는 작품이 명작일 거예요. 명작이란 전 세계 수많은 사람들이 "읽어 보면 후회하지 않아요!"라고 말하고 추천하는 작품이랍니다.

★ **세계의 다양한 문화를 접할 수 있으니까요.**

세계 여러 나라 작가들의 작품을 읽으면 그 나라의 역사, 문화, 생활에 대해서 알 수 있어요. 무엇을 소중히 여기며 살아가는지 다양한 가치관도 배울 수 있지요. 또한 보다 넓은 시야와 창의력으로 난 어떻게 생각하는지, 또 어떻게 살아갈지 스스로 고민하게 돼요.

★ **살아가는 방법이 담겨 있으니까요.**

여러분은 아직 고정관념이 적고 유연한 사고를 가지고 있어요. 이시기에 명작을 접하면 감성이 풍부해져요. 훗날 중고생이 되었을 때 다시 완역본을 읽으면 작품을 더 깊게 바라볼 수 있을 거예요. 내가 명작 속 등장인물이라면 어떨지 상상하고 이야기하는 것만으로도 표현력과 상상력을 기를 수 있지요. 명작의 문을 한 권씩 열 때마다 인생에 필요한 '용기'도 자연스럽게 얻을 수 있답니다.

올바른 독서 방법

독서란 글을 읽는 것을 말해요. 글을 읽는 것은 글자를 읽어 내용을 이해하는 것뿐만 아니라 글쓴이와 간접적으로 만나 대화하는 것과 같아요. 책에는 글쓴이의 지식, 경험, 생각, 느낌 등이 숨어 있기 때문이에요.

지금 여러분이 읽는 세계 명작은 상상력을 바탕으로 쓴 소설이에요. 소설 속에는 등장인물과 사건이 있고, 이를 통해 읽는 사람에게 감동과 교훈을 전달해요. 독자는 등장인물의 삶을 통해 인간의 다양한 모습과 생각을 이해하고, 내가 가진 지식이나 경험, 생각과 비교할 수도 있어요.

올바른 독서 과정은 글을 읽기 전, 읽는 중, 읽은 후로 구분해요. 모든 읽기 과정이 중요하지만 특히 책을 읽은 후에 하는 활동은 논리력과 표현력을 높이는 데에 반드시 필요해요. 그래서 독서 기록장이나 독서 카드 등을 만들면 좋답니다. 글을 쓰는 것이 어렵다면 그림을 그려도 괜찮아요.

책을 읽은 후 꾸준히 기록하다 보면 자신의 독서 태도나 독서량을 자연스럽게 알 수 있기 때문에 올바른 읽기 습관을 기르는 데에 효과적이랍니다.

독서 과정	독자의 역할
읽기 전	• 제목이나 차례를 보고 내용 상상하기 • 표지와 본문의 글, 그림 등을 보며 내용 예측하기 • 공책에 궁금한 점 적기
읽는 중	• 글의 내용이나 장면을 머릿속에 떠올리기 • 글 속에 숨어 있는 내용이나 글쓴이의 생각 파악하기 • 인상적인 표현과 중요한 내용에 밑줄을 긋거나 따로 표시하기 • 읽기 전에 궁금했던 내용 확인하기
읽은 후	• 줄거리를 요약하고 주제 파악하기 • 글에 대한 자신의 생각 정리하기 • 등장인물이 되어 상상하기

더 생각해 보기

1. 둘리틀 선생님에게는 동물과 대화할 수 있는 능력이 있었어요. 동물과 대화할 수 있다면 어떤 문제를 해결할 수 있을지 여러분의 생각을 써 보세요.

> **도움말**
> 둘리틀 선생님은 극락조 미란다에게 박물학자 긴화살이 어디에 있는지 들었고, 집으로 돌아갈 때는 거대한 바다유리달팽이에게 도움을 받았어요.

2. 둘리틀 선생님은 섬에서 투우에 이용되는 소들을 구하기 위해 직접 투우사로 나섰어요. 여러분이 둘리틀 선생님이었다면 어떻게 했을지 생각해서 써 보세요.

> **도움말**
> 둘리틀 선생님은 소들의 주인인 돈 엔리케에게 자신이 투우에서 이기면 투우를 중단하자며 내기를 제안했어요.

독서 기록장

도서명		글쓴이	
인상 깊은 구절·장면			
줄거리			

느낀 점	

상상하기

여러분이 만약 둘리틀 선생님처럼 동물과 말할 수 있다면, 어떤 동물과 이야기하고 싶은지 자유롭게 상상해서 써 보세요.

편지 쓰기

이야기 속 한 사람에게 편지를 써 보세요.

(둘리틀 선생님, 스터빈스, 폴리네시아, 범포, 치치, 긴화살, 돈 엔리케 등)

TO.

FROM.

편역 나스다 준
1959년 일본 하마마쓰 시에서 태어나 와세다 대학교를 졸업했습니다. 일본 펜클럽 회원. 와코대학, 세이센 여자대학, 교리쓰 여자단기대학교에서 강사로 일하며 작가로 활동하고 있습니다. 주요 작품으로 《피터라는 이름의 늑대》(산케이아동출판문화상, 쓰보타 조지 문학상), 《소원 비는 고양이의 날》, 《별하늘 록》, 《일억 백만 광년 너머에 사는 토끼》 등이 있습니다.

그림 아시 지로
가나가와현에서 태어나 일러스트레이터로 활동하고 있습니다. 주요 작품으로 《초등학생을 위한 세계 명작 서유기》, 《초등학생을 위한 세계 명작 키다리 아저씨》, 《쉽게 읽을 수 있는 비주얼 전기 에디슨》, 《수수께끼 시간 여행!》 시리즈 등이 있습니다.

감수 요코야마 요우코
유치원과 초등학교에서 17년간 아이들을 가르친 뒤, 지금은 지바경제대학 단기대학부 어린이학과에서 대학생들을 가르치고 있습니다. 주요 작품으로는 《어린이의 마음을 움직이는 지도법 핸드북》, 《명작을 읽자! 읽자!》 시리즈, 《10분 만에 읽는 친구들의 이야기》, 《10분 만에 읽는 동물 이야기》 등이 있습니다.

번역 임희진
고려대학교 문예창작학과와 일어일문학과에서 글쓰기와 일본어를 공부했습니다. 어린이 도서 감수와 독서 논술 교재 집필 부문에서도 활발히 활동하고 있습니다. 옮긴 책으로는 《나만의 인형 놀이! 코디 종이접기》, 《귀엽고 예쁜 프린세스 종이접기》 등이 있습니다.

2024년 11월 25일 1판 1쇄 발행

원작 **휴 로프팅**
편역 **나스다 준** | 그림 **아시 지로**
감수 **요코야마 요우코** | 번역 **임희진**
펴낸이 **문제천** | 펴낸곳 **㈜은하수미디어**
편집진행 **문미라** | 편집 **방기은** | 편집 지원 **김혜영**
디자인 **정수연** | 제작책임 **문제천**
주소 서울시 송파구 송이로32길 18, 405 (문정동, 4층)
대표전화 (02)449-2701 | 팩스 (02)404-8768 | 편집부 (02)3402-1386
출판등록 제22-590호(2000. 7. 10.)
©2024, Eunhasoo Media Publishing Co., Ltd.

Doctor Dolittle Daikoukaiki
©J.Nasuda & Ashijiro 2024
First published in Japan 2024 by Gakken Inc., Tokyo
Korean translation rights arranged with Gakken Inc.
through Shinwon Agency Co., Ltd.